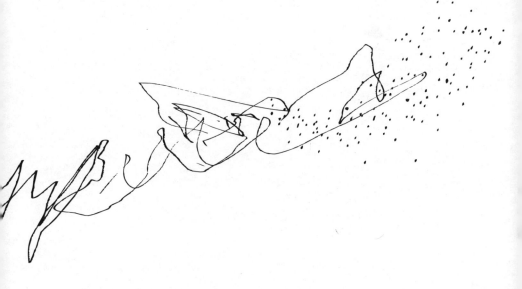

非常讀

董啟章・著

董啟章隨筆集

董啟章的書架

目錄

為什麼要讀經典

日常與神話

讀心術

前言

　　這本選集中的文章，大部分選自我在《明報周刊》的專欄 Ghost on the Shelf。這個欄名來自日本著名動漫 *Ghost in the Shell*《攻殼機動隊》，是個「食字」的把戲。直譯的意思是：書架上的靈魂。我常常覺得，書架就像一個墳場，而排列在書架上的書脊就像一塊又一塊的墓碑。墓碑上的名字，絕大部分已經作古（或遲早也會作古），是名副其實的鬼魂。讀書，就像去墓園敬拜先人，跟他們的幽靈交談。

　　這個專欄自四年多前開始寫，每周一篇，已累積二百多篇。要從中選出四、五十篇來結集，不是一件容易的事。寫專欄是隨意而為，沒有長遠計劃，最近對什麼感興趣，突然冒出什麼念頭，便下筆寫。出來的結果是，內容十分駁雜，但又帶有強烈的個人偏好。從這樣的局面中做選擇，難免全無系統可言。勉強為之，就只能做到現在這個地步了。簡單地說，當中有時代議題的討論，也有個人經驗的分享；有經典作品的介紹，也有時下漫畫的解讀；有對個別作品的感想，也有環繞閱讀的漫談。美其名為多樣化，實則只是大雜燴。

　　由於編輯表示此書的目標讀者是年輕人，所以便多選了些談經典的篇章，以及和讀書生活有關的內容。特別是在最後部

分，輯錄了我近年為幾位香港年輕作家的新書所寫的序言，一方面向大家推介他們的作品，另一方面，也是我個人最愉悅的閱讀經驗的紀錄。當中包括蔣曉薇的《秋鯨擱淺》、黃敏華的《一直到彩虹》、紅眼的《伽藍號角》和黃怡的《擠迫之城的戀愛方法》。這些美麗的書，絕對值得我們用心去一讀再讀。

我沒有很多寫專欄的經驗。Ghost on the Shelf 是我寫過的為時最長、篇幅也最長的專欄。專欄應該怎樣寫，沒有一定的法則。所謂的「專」，不一定是「專家」的意思，也可以是按某作者的偏好和風格去寫的意思吧。所以看專欄除了看內容，更多是看作者。你喜歡這位作者，便會想讀他的文字。相反，你討厭他的話，他說什麼都是可厭的。

「非常讀」來自《老子》所說的「道可道，非常道」。當然，這是穿鑿附會。不過從正面看，穿鑿附會也可以引出有趣甚至是有意思的結果。所以我對某些書的讀法，是非正常的，甚至是有點不正經的。除了「非常」的讀法，很多時也會借題發揮，扯到相關或不相關的話題。曾經有讀者看不過眼，寄來 book review 的 template，教導我怎樣去寫書評，真是非常有心。當中的誤解，大概就如把咖啡館漫談當成課室講堂去要求吧。

我不是說我沒有認真寫。事實上，今次選出來的也有不少會被認為是非常嚴肅的篇章。不過專欄始終不是一個寫大文章、說大道理的地方。除了點滴的趣味，零星的啟發，這些文章不是什麼值得保存的珍品，跟散文藝術也沾不上邊。所以，稱為隨筆，是恰當的。更恰當的，應該是一個「非常愛讀書」的人的一份生活紀錄。就算當中的意見無一可取，至少那份對閱讀的癡狂，還是可以引起一些讀者的同情的。

　　在目下這個疫情延宕不止的「非常」時期，我們在「非常」的生活中，以「非常」的心態去讀書，說不定會得到「非常」的領悟。這也算是一個小小的、「非常」的願望吧。

讀在瘟疫蔓延時

唐吉訶德與尿片

　　再來談電子書會否取代紙本書好像已經有點過時。不是說兩者之間的競爭已經分出勝負或者偃旗息鼓，而是可以提出的觀點好像都已經有人提過了。無論是數碼化的狂熱鼓吹者，還是實體書的死忠支持者，都有各自的一番說辭。不過，最近聽台灣出版界的朋友說，電子書熱潮的確是冷卻下來了，實體書的出版依然是主戰場。就算書市是怎麼的疲弱不興，林林總總的實體書還是繼續盛裝推出。就以我自己的書為例，雖然厚度往往令人卻步，但每期結算之時，實體書還是佔絕大多數，電子版則寥寥無幾。

　　有研究顯示，基於人類生物學上的構造，紙本閱讀具有屏幕閱讀無法取代的優勢。簡單地說，就是人類的讀寫習慣，其實是不是抽象的語言認知，而是涉及一系列互相關連的感官配合，包括眼球的光度適應性、手部的動作（字詞運用從以手執筆寫字習得）、皮膚觸覺，甚至翻書的聲音和紙張的氣味。腦部會把印在紙張上的文字，當作空間中的實物去認知，再加上紙本書具體的紙頁和排版形式，在神經元之間形成多方位的「心智地圖」。所以我們會記得自己大概在某一頁的某個位置看到過一個句子，並且能快速翻閱查證；也可以從手指所感受的書頁厚度，直覺得知閱讀的進度。

相反，在屏幕閱讀模式中（電子書或網上文章），無論平板電腦如何模擬書頁的排版、字型和翻揭方式，文字都失去了特定而實在的空間感。屏幕閱讀經驗的整全性遠遜於紙本閱讀，每個閱讀瞬間的獨特性和區別性也較弱，較難產生印象深刻的心智歷程。這對於集中力、記憶，甚至理解都會造成一定的障礙。如果閱讀目的只是為了快速獲取資訊，或者搜尋特定內容，電子閱讀是很有用的工具。但對於要求深度思考的文本或長篇作品，紙本卻更適合人類的心智結構。因此，我們有理由相信，需要靜心閱讀和細加品味的文學作品，始終會以實體書的形式流傳。而時效性短的新聞報道和無需費神的休閒娛樂讀物，則肯定會給電子形式淘汰。報紙和雜誌的消失，已經進入最後倒數的階段。

當然，人類的心智和認知模式雖然有其生物學上的傾向，但可塑性也相當高。所以也很難說，在高度電子化年代出生和成長的「數位原住民」，可能會培養出完全不同的閱讀（或不閱讀）習慣。無論如何，身體感官和認知是密不可分的。閱讀作為一個行為，一種體驗，並不是抽象的、純知性的活動。我們必然在某個時間於某個空間在某個情境下閱讀，而這閱讀情境，將會和那本拿在手中的實體書帶給我們的全部感官記憶融合為一。

我們試試回想一些和閱讀特定的紙本書相連的記憶。我立即想起來的，是幾年前身體狀況不佳，有一次住院檢查，好像刻意跟自己作對似的，在病房裏讀尼采的《悲劇的誕生》。

又再早幾年，反高鐵示威當天，我在皇后像廣場的一個角落坐下來，在震天的喧嚷聲中低頭讀《西遊記》。剛巧給一個朋友碰見，問我在看什麼。我把書的封面翻過來。他露出驚訝的神情，好像我在那裏表演行為藝術。如此這般，雖然不是讀每一本書的情境都清楚記得，但每一本讀過的書，都是自己生命歷程的一部分。我們不只是「讀」它，而是「活」它。

有人可能會反駁說，我們也可以同樣記起，自己某年在某機場候機室用平板電腦閱讀某部電子作品的經驗。是的，為什麼不呢？我躺在病牀上看電子版《悲劇的誕生》，和在示威現場看電子版《西遊記》，跟看紙本書有什麼分別？就閱讀內容來說，可能分別不是那麼大的。最大的分別，只有從過後的回憶中才能感受得到。我斷不可能在今天，因為拿起那部同樣的平板電腦（事實上應該早就報銷和更換了），或者開啟同樣的檔案，而勾起多年前在醫院或廣場的記憶，並且像吃到普魯斯特的小馬德蓮蛋糕一樣，神奇地重新經歷一次當時的體驗吧。相反地，一本令自己印象深刻的書，就算已經不在手頭，只要想起它的封面、它的厚度、它的紙質、它的字體，它裏面的內容便會連同閱讀它的時候的情境，再次在腦海中浮現，甚至充溢着全身的感官。如果那本書還在身邊，可以拿在手裏的話，那就幾乎等於觸摸到樹心的年輪，也即是歲月的痕迹了。

我從書架上拿下那本企鵝版《唐吉訶德》。厚重的書身、皺摺的書脊、發黃的紙頁、淡淡的霉味……。十六年前，兒子剛出生不久，許多個寧靜的下午，我把嬰兒籃放在客廳的窗前，

坐在旁邊的沙發上，看一會書，看一下那個熟睡的人兒。讀到好笑的地方，也不敢大聲笑出來。有時也會累到打盹。一千頁的書，一千個呵欠，一千個微笑。然後，人兒醒來了，哭鬧了。我連忙放下書，去給他餵奶，或者換尿片。

好書與壞書

　　世界事物的最簡單區分，就是好和壞。有好事和壞事，好人和壞人。雖然過分簡化，但出於人的感受的根本好惡，也是人之常情。說到書，也可以分好和壞。於是才有什麼「十大好書」之類的，作為普遍的評價。（很少有人花心思去選十大壞書，原因可能是出於厚道，或者避免為壞書做宣傳。）書其實有許多種，不同書種之間的好壞，自然很難一概而論。我們暫且集中來談談小說。

　　常常會被人問到：你覺得怎樣才是一本好小說？這是個近乎不可能認真回答的問題。要判斷什麼是好小說，自然先有一套好小說的評價標準。問的人想知道的就是這個標準，但答的人卻知道，不存一個客觀的、單一的、永恆的、普遍的標準。好吧，那就根據你個人的、也即是主觀的標準去說吧。但是，也不能任性地說，總之自己覺得是好就是好，是壞就是壞啊。於是又不免嘗試定出一些普遍被認同的準則，試圖去說服別人接受。

　　既然不能一口咬定什麼是「好」，什麼是「壞」，那就在「好」和「壞」之中再細分一下吧。喬治‧歐威爾有一個很妙的說法，他曾經談到一種「好的壞書」（good bad books）。把

「好」和「壞」兩個形容詞疊在一起，竟然產生了新的分層和分類作用。雖然他沒有詳細解釋，但推斷他的意思，第二個形容詞，應該是指知性的判斷。所謂「好書」，就是知識分子所認為的含有豐富意義的文學作品，好像《尤利西斯》和《追憶似水年華》之類的。反之，就是「壞書」了。前一個形容詞，是感性判斷，也即是我們看一本書的直接反應。我們會拍案大叫「好看」，或者破口大罵「垃圾」，其實就是看得過不過癮的問題。所以「好的壞書」就是「文學品質不佳但看得很過癮」的書了。言下之意，似乎也應該有「壞的好書」，還有「好的好書」和「壞的壞書」吧。

好小說應該有什麼特質，就要看我們想它好在哪裏了。如果是好在知性方面，當然會要求有創意，有啟發性，有批判性，有社會、文化、歷史反思，諸如此類。但如果是好在感性方面，那就很簡單——過不過癮，好不好玩，感不感人，會不會教人哭、逗人笑？兩者兼備的，就是「好的好小說」；只有前者沒有後者的，是「壞的好小說」；有後者沒有前者的，是「好的壞小說」。至於「壞的壞小說」，就不用說了。

歐威爾所舉的「好的壞書」的例子，大多是二十世紀初的英文通俗小說。他還大膽地打賭，美國斯托夫人的《黑奴籲天錄》，將會比維珍尼亞．吳爾芙的所有作品更能長存於世上。（《黑》是十九世紀非常流行的反奴隸制通俗小說，雖然立場正確，但十分煽情，被認為誇大了黑人的刻板形象。）基於對普羅小市民的強烈認同感，歐威爾抬舉通俗文化，討厭高級知識

分子。但是，他又同時讚賞喬伊斯、艾略特和米勒等現代主義作家的某些作品。大概是因為對兩邊都有喜好，才弄出「好的壞書」（或「壞的好書」，如此類推）這種「雙重標準」。

　　無論第一個標準（感性趣味）還是第二個標準（知性意義），其實也很難絕對論定。感性趣味隨時代風潮變化，而且很容易落入庸俗甚至是惡俗。今天的搶手貨隨時會變成明天的敝屣。知性意義也會隨社會價值而遷移，例如在共產主義底下，「工農兵文學」很有意義，但自由主義社會的讀者會嗤之以鼻，覺得是沒有生命的樣板戲；相反，自由主義社會的作品，在左派評論家眼中是腐敗和墮落的資產階級毒物。而且，感性趣味未必是天生而然的，經過高級文學訓練的讀者，會真心覺得讀但丁的《神曲》是超凡入聖的愉悅體驗。愈難懂愈晦澀的作品卻讀得愈興奮愈過癮，這樣的讀者大有人在。這種特殊的享受也是不能否定的。什麼才是過癮，真的要看你上的是怎麼樣的癮。而在閱讀或藝術欣賞的領域，怎麼樣的癮都可以培養出來。究竟哪一種癮才是天然的，人所共上的，實在很難定奪。

　　小說好壞的標準是個永恆的爭議。永遠也有人堅決地站在感性的一邊或者知性的一邊。面對過分的知性探索而令小說變得枯燥無味，便會有人跑出來重提小說的古老源頭——單純的故事所帶來的愉悅和其他感性心理需要。好小說很簡單，就是一個好聽的故事！小說和故事的淵源不能否定，對好故事的需求似乎是人的本能，但是，把小說單純地等同於故事，似乎又不必要地畫地為牢，放棄了太多別的可能性。故事派的貧乏，

又會激起一些人跑出來，主張小說除了提供愉悅，還有很多有意義的事情可做。如此這般，知性和感性要求，循環不息。

我個人認為，偏向哪一邊都是不智的，都忽略了小說某些重要的東西。問題是，為什麼要非此即彼，互相排斥呢？為什麼不能兩者兼得呢？用歐威爾的說法就是：為什麼不能有「好的好小說」呢？即是既令讀者讀得痛快，又帶給讀者深刻意義的作品。歐威爾的「雙重標準」或「雙名法」（近似分類學上的雙名法），可以令我們判別和包容「好的壞書」和「壞的好書」。對於文學品質不佳的書，我們也可以享受；對於文學意義深遠但讀來不太過癮的書，我們也可以忍受。至於既無品質又無趣味的爛書，我們可以置之不理。這不是一個很能靈活變通的價值系統嗎？

實情是，弄出那麼複雜的名堂，也不過是為了避免回答「怎樣才是好小說」這個問題而已。

家書抵萬金

　　今天的年輕人應該不會去讀《傅雷家書》，甚至連聽也未曾聽過吧。在我年少的時候，也即是上世紀八十年代，《傅雷家書》剛剛整理出版，被譽為當代中文書寫中，感人至深的父親給兒子的書信集。當時傅聰已是世界著名的鋼琴演奏家，比他父親更廣為人知。很多人也許是為了好奇傅雷如何培育出這樣的天才兒子，而對這本書產生興趣的吧。別人的所謂「教子心得」，歷來都不乏參考價值，但《傅雷家書》其實完全不是這回事。

　　老實說，我已經忘記了自己當年讀這本書的時候的感受了。我父親是個技術工人，教育程度不高，從沒有像傅雷一樣向兒子作出那些富有教養的訓話。我沒有出國留學的經驗，當然也不曾收到過任何滿紙叮嚀的家書。我對古典音樂的認識極有限，所以也不易理解傅雷對兒子的音樂訓練和演奏技巧的提點。但是，單是一個父親孜孜不倦地給兒子寫信這回事，已經足夠令人動容了。當我們再了解到書信的時代背景和傅雷後來的遭遇，事情便超越了親情的溫馨，而充滿着政治的可恨和命運的悲情。

　　傅雷是個嚴厲的父親。他在開頭的書信，直接向兒子承

認自己過分的嚴苛，並且請求原諒。就算是像傅雷這樣文質彬彬的知識分子，也難以輕易克服傳統父權的誘惑。不過，他終歸是能夠反省的。當然，兒時的經驗在傅聰心中留下多少痛苦的烙印，也是外人不得而知的。一九五四年，二十歲的傅聰出國到波蘭學習鋼琴演奏，次年參加蕭邦國際鋼琴比賽，獲得第三名和「馬祖卡獎」。一九五九年反右運動中，傅雷遭到牽連，傅聰考慮到自己的音樂事業前途，從波蘭出走英國。這在國內被視為叛徒行為，對傅雷肯定造成極大的打擊。但傅雷都承受下來了，繼續寫信給在海外的兒子，支持他的藝術追求。一九六六年文革爆發，紅衛兵在傅家搜出一面有蔣介石頭像的小鏡子和一張登有宋美齡照片的舊畫報，執為反黨的罪證。（事實是解放前親戚寄放在傅家的小箱中的私人物品，傅氏夫婦並不知情。）剛傲不阿的傅雷不堪被批鬥的屈辱，寫下遺書後，和妻子雙雙於家中上吊而亡。

傅雷家書自一九五四年起至一九六六年止，除一九五六年傅聰短暫回國，整整十二年，父子倆只能靠書信維持關係。在那個年代，特別是在中國大陸，和外間的聯絡是極為隔涉的。不要說沒有手機即時通訊或電子郵件，就算是打長途電話也不是隨便的事情。唯一的連繫只有郵寄書信。傅聰雖然定居英國，但為了生計，巡迴演出十分頻繁，回信並不方便。加上他的確疏於執筆，於是國內的父親苦待兒子的回信，便只能天天引頸，晚晚無眠了。下面這封一九五五年四月二十日的信，可見傅雷心情焦急的一斑：

「說到『不答覆』，我又有了很多感慨。我自問：長篇累牘的給你寫信，不是空嘮叨，不是莫名其妙的 gossip，而是有好幾種作用的。第一，我的確把你當作一個討論藝術，討論音樂的對手；第二，極想激出你一些青年人的感想，讓我做父親的得些新鮮養料，同時也可以間接傳佈給別的青年；第三，藉通信訓練你的──不但是文筆，而尤其是你的思想；第四，我想時時刻刻，隨處給你做個警鐘，做面『忠實的鏡子』，不論在做人方面，在生活細節方面，在藝術修養方面，在演奏姿態方面。我做父親的只想做你的影子，既要隨時隨地幫助你，保護你，又要不讓你對這個鏡子覺得厭煩。但我這許多心意，儘管我在過去三十多封信中說了又說，你都似乎沒有深刻的體會，因為你並沒有適當的反應，就是說：盡量給我寫信，『被動的』對我說的話或是表示贊成，或是表示異議，也很少『主動的』發表你的主張或感想──特別是從十二月以後。」

也許我們會覺得，這位父親也未免要求太高，迫得兒子太緊了。那催促兒子回信的四大理由，說得那麼的漂亮和充分，但聽在兒子的耳中，也可能包含不少情感要脅的成分。不過，換了在傅雷的角度，因為兒子長期杳無音信，而產生種種懷疑、失落和焦躁，也是人之常情吧。兒子始終只是初生之犢，隻身寄居異地，以華人的身分在競爭激烈的西方音樂界中謀出路和發展，的確很難不教父親擔心。父子交流，在舊社會風習中本已甚不容易，再加上時間和空間的阻隔，便更加困難重重。後來傅聰和著名小提琴家梅紐因（Yehudi Menuhin）的女兒彌拉結婚，傅雷又成為了兒子的婚姻輔導員，同時給媳婦以

英文寫信，協助疏解年輕夫妻間的相處疑難，順便通過她獲得更多兒子的消息。不過，彌拉畢竟少不更事，洋人的禮節文化也有不同，一些言談應對的問題又引起了傅雷的不滿。於是，父親的煩惱又加倍了。

　　不過，傅雷的書信也不盡是抱怨的。更多的時候，他採取的是理性對談者的角度，和兒子討論對音樂和演奏的看法，分析極為精細和專門，可見他有很高的音樂鑑賞能力。父子能在興趣和能力上有相當的交流，在世間上是極難得的事情。至於生活上的提點和噓寒問暖，看似瑣碎囉唆，其實亦是十分尋常的關心表現。至於為什麼我們要讀這些自己也曾經聽取或發出的、平庸不堪的父性的叮嚀，那也不過是因為，在傅雷和傅聰這對既尋常又非凡的父子之間，我們可以看到人間最深厚的親情，和命運最殘酷的播弄，也因此而學懂珍惜，與身邊人短暫共度的時光。

買水果的父親

　　今年度過了第一個沒有父親的父親節。從前覺得父親節只是例行公事，不外乎是一家人到外面吃頓飯，或者給父親買些小禮物的藉口。父親為人非常儉樸，幾乎沒有所好，生活要求也很低，買合適的禮物是件令人頭痛的事情。後來就省事了，只是吃飯，而且和就近的母親生日合併慶祝。

　　父親節似乎是近二十年才流行起來的節日。記得小時候並沒有這回事，只有母親節。後來不知怎的又來一個父親節，大概是為了鼓吹消費而弄出來的名目。不過，每年除了父親生日，多一個機會讓家人相聚，也是好事，不必過於挑剔。現在家裏只得我一個是父親，父親節對其他家人變得不相關了。我自己也不特別重視這個日子，隨便和妻兒去吃個特別的日本拉麵，意思意思。兒子以出席盡了孝心，席間把半片他不愛吃的半熟蛋轉贈給我，笑說是父親節禮物。

　　少年大抵都是不太重視父親的。我年輕的時候，只顧自己成長的煩惱，也不太理會父親。在學校讀到朱自清的名篇〈背影〉，反應也是不甚了了，心想：望着父親的背影便流馬尿，太做作了吧！自此便對矯情的新文學散文失去敬意。多年後自己成了父親，兒子中文不佳，我想也沒多想便買了本《朱自清作

品選》給他。最近偶爾拿起，發現他果然看了幾篇，還在篇末寫下評語。倒是〈背影〉這篇沒寫，也不知有看沒有。於是我便逕自讀了起來，沒料到竟忍不住「流了馬尿」。

在〈背影〉中，二十歲的朱自清因為陪父親奔祖母喪，自北京南下。辦完喪事後，兩人在南京分別，兒子回到北京念書，父親繼續奔波謀事。父親為兒子打點行程，嘮嘮叨叨，兒子心想，自己已經不是小孩子了，用不着這樣事事提點。然後便是父親給兒子去買橘子，笨拙地爬上對面月台的那一幕。這個父親在火車快要開動的時候，為什麼還不嫌麻煩地跑去買橘子呢？這個瑣碎無聊的舉動，不會增添兒子的煩惱嗎？但是，當父親不在面前，而是隔着一段距離成為了那個背影，尋常對父親的成見便突然消散，顯露出另一副一直被蒙蔽的面貌。那是至為純粹的、無私付出的父親形象。

我兒子出生後，父母親搬到我家附近，方便幫忙照顧孩子。有時我中午下樓去吃飯，會在商場或往車站路上，碰到父親獨自一人出外買東西。每次都是我先看見他，然後跑上去叫他的。後來每當在附近走路，便會不自覺地朝人群裏張望，在人海中尋找那個微微躬着背、身子向前傾、好像正奔赴什麼任務似的老人。從碰見到相認之間，父親處於被兒子凝視而不知情的狀態。這個時候的他，被淹沒在芸芸眾生中，顯得極為渺小、平凡、不起眼，但卻不是毫不相干的任何一個人，而是那個和自己有着獨一無二的關係，把我帶到這個世界上，生我養我的父親。能和自己的生命根源相遇，這不是世界上最大的奇

蹟嗎？

接着就會發生最缺乏戲劇性的一幕。我終須打破那神奇的感覺，上前叫住父親，問他去哪裏。父親見是我，露出開心的樣子，以帶點生澀、近乎客氣的語調回答：哦，沒什麼，出來買點水果。如果他已經買完，便會抬起手來，向我展示膠袋裏裝着的橙或蘋果。對話在三四句之後便無以為繼，然後我們揮手道別。從旁人的眼光看來，可能會不覺得我們是父子，而只是萍水相逢的兩個途人。我會在走了幾步之後才悄悄回頭，看着父親的背影沒入人群中。

買水果是父親在家裏的職責。有一段日子，他甚至會從粉嶺坐火車到旺角，就是為了那裏有一個水果檔的橙特別甜。後來他身體不好，沒法走得太遠，便在區內買。再後來，活動能力下降，便由我陪他到家樓下超市買。但他堅持為家裏準備好吃的水果，待弟妹等一起回家吃飯時享用。他自己卻是不好水果的，說水果生冷，刺激喉嚨，吃了會咳，只吃最溫和的蘋果。後來得了大腸癌不能吃高纖食物，便連蘋果也戒掉了。不過他沒有停止買水果。

好幾年後朱自清寫了另一篇叫〈兒女〉的散文。這時候他已經有五個兒女，但卻自覺是個「不成才的父親」，沒有盡好父親的責任，還常常因兒女的吵鬧而大發脾氣。這時他想起自己父親的仁慈，益發感到愧疚。和同樣當上父親的朋輩相比，也覺人家比自己懂得對子女表達慈愛和關心。他曾經就「要不要

兒女像自己」的問題請教過夏丏尊，對方毫不猶豫地說：「自然囉。」再問俞平伯，他說：「總希望不比自己壞囉。」於是朱自清便決心要「好好地做一回父親」，好讓孩子將來回想，不會覺得自己太差勁。

可是，什麼謂之「好好地做一回父親」呢？從前我會想到許多，對自己有很高的要求。現在卻覺得，不外乎是買些好水果吧。兒子年紀漸長，常常和好友在外流連，甚少回家吃晚飯。知道他哪天會回來，我便會不期然地思量，買些什麼水果給他吃。在超市看看這，看看那，見炎炎夏日，西瓜看來也不錯，便挑了半邊少核的。拎着裝西瓜的購物袋，走在人來人往的車站天橋上，我又不自覺地在人群裏尋找那個熟識的身影。然後才猛然醒覺，以後也不會再碰見那個買水果的人了。或者，自己已經變成那個人了。

悲鳴、發聲與祈禱

前蘇聯切爾諾貝爾核電廠事故，距今已經三十三年了。早前新聞報道說，新的金屬保護外殼已經落成（因為舊的「石棺」逐漸失效），物料可以抵禦輻射擴散達一百年。要知道，核放射性物質的衰變期長達千年以至萬年，將來還是要永續地建造新的保護外殼，像俄羅斯娃娃一樣一個套一個地把原核電廠封堵。當然，前提是人類還有超過一百年的壽命。照現在環境破壞的速度來說，情況未敢樂觀。

更超現實的是，烏克蘭的新總統澤連斯基宣布（在蘇聯解體之後，切爾諾貝爾歸屬烏克蘭領土），會把核事故隔離區發展為旅遊景點。由於近年有遊客賄賂官員以獲取通行證進入禁區，正式發售門票可以杜絕非法行為，有效管理參觀活動，讓更多人親身認識歷史，以及見證地區復原的豐盛面貌。此舉可以把這塊土地由黑暗腐敗的象徵，化為「自由之地」云云。這位新上台的總統，從前是個喜劇演員。

恰巧 HBO 剛剛亦推出新劇 *Chernobyl*，有朋友看過表示非常震撼，不能一口氣連續看下去。此劇做足資料搜集，其中一份主要參考底本，是白羅斯記者斯維拉娜・亞歷塞維奇（Svetlana Alexievich）的口述歷史《車諾比的悲鳴》。亞歷塞維

奇聞說有人想改編她書中的故事為電視劇的時候，對授權與否頗感猶豫，但看到劇集後卻盛讚水準出乎意料之外，甚至說它展現出白羅斯人自己也沒有的新觀點。（切爾諾貝爾位於烏克蘭和白羅斯邊界，當年的事故對白羅斯的影響更為直接和深遠。）

我在看劇之前，先看了亞歷塞維奇的書。我恐怕影像的力量太強，會造成先入為主的印象。畢竟無論多麼的認真，那也是西方觀點下的製作。亞歷塞維奇在二〇一五年獲得諾貝爾文學獎，是歷來以紀實文學獲此殊榮的第一人。我之前看過她的《戰爭沒有女人的臉》，是二戰時期蘇聯女兵的口述歷史。《車諾比的悲鳴》的英文版題目是 *Voices from Chernobyl*，特別強調受訪者的聲音，與口述歷史的定位最為相配。閱讀的時候，就像聽着從錄音機中傳出的、一個又一個受難者和家屬們的聲線，有的傷痛、有的無奈、有的憤怒、有的懷着對逝者無限美麗的回憶。

亞歷塞維奇的筆法是低調的。她盡力避免煽情，但這並不表示她只是旁觀，冰冷地呈現事實。相反，她最在意的不是重整事實。書中並沒有對事故來龍去脈作詳盡交代，也沒有如一般偵查報道揭露事件的政治責任。她的重點是人的感情和關係。不只是人與人之間的感情，也是人與土地的感情。行文中幾乎沒有加入作者的敘述和旁白，完全是受訪者的聲音的自然呈現。當然作者肯定做過編輯和剪裁，但效果上盡量保留口述時的原貌。

最見出作者功力和心思的，其實在於選取和編排上。亞歷塞維奇把最富有個人情感的兩篇分別放在首和尾。首篇是第一批進入現場的消防員之一的新婚妻子的回憶。她的年輕丈夫受到嚴重輻射感染，身體完全變形，十幾日後死於莫斯科醫院，而她一直不離不棄陪伴在旁，導致腹中的胎兒也感染輻射而早夭。末篇是另一位妻子的故事，她的丈夫是奉召清理現場的「志願者」。他的死亡發生於好幾年後，非常漫長而痛苦，但妻子說起來卻充滿愛意，甚至是超越塵世的浪漫。其他的受訪者有災後處理人員、軍人、疏散協調員、獵殺動物隊成員、災區重建移居者、醫護人員、科學家、共產黨地區領導等。有些部分採用了「合唱」（chorus）的形式，把一群背景相近的受訪者的片段並置，有強烈的音樂或劇場效果。

　　作者有意識地避免塑造英雄形象，拒絕當官方的宣傳機器，但她也不願意把一切視為腐敗和無能體制之下的無意義犧牲。當中無數人的無私奉獻還是明明可見的。對於核電廠的設計和管理不善、事故後應變的種種失誤、救災人員裝備的嚴重不足、撤離計劃的延誤和混亂、對災民的安置、支援和賠償的問題……，這些控訴都可以聽到，連某些地區官僚的辯解也包含在內，呈現出頗為全面的角度。但作者並不是純粹為了「客觀」和「持平」而陳列正反方的證辭。她想強調的始終是人，處身於歷史之中的人，以及構成歷史的人。

　　對於像我們這樣的外國人，究竟能對這件事理解多少？在現代文明思維下的查明真相、追究責任之外，我們還能怎樣談

論這件事？最震撼我的，不是書中關於輻射感染者的恐怖死亡的描述，而是那令人驚異的斯拉夫民族性——源自托爾斯泰、杜斯妥也夫斯基、契訶夫傳統的默默地承受命運、擁抱苦難的斯拉夫人民。共產主義革命似乎沒有改變這些淳樸的人們既服從克己又堅忍不屈的性格。他們曾經以超人的意志抵禦戰爭的蹂躪，但是，面對核輻射這個看不見的敵人，卻完全失去了方寸，無語問蒼天。情況的詭異，就如一位受訪者所說：在事故剛剛發生之後，四周看來依然是那麼的美麗。山明水秀，農作物豐收，誰會猜到，死亡正在其中悄悄滲透？災難，以超慢動作的方式，以月，以年，從容地展開。

值得留意的是，這本書的俄語原題 *Tchernobylskaia Molitva*，意思是「切爾諾貝爾的祈禱」。不是控訴的「悲鳴」，不是作證的「發聲」，而是帶着悲天憫人的宗教情感的「祈禱」。

謊言的代價

　　HBO 歷史劇 *Chernobyl* 的主題是「What is the cost of lies?」顧名思義，劇集的要旨就是揭露一九八六年蘇聯切爾諾貝爾核電廠事故的真相。但是，作為商業電視劇而非探討性的紀錄片，虛構劇情和娛樂性亦必不可少。單以電視劇論，一連五集的 *Chernobyl* 相當可觀——演員出色、劇力緊湊、氣氛逼人、前蘇聯時代的場景重構有說服力、資料搜集和細節處理十分用心。對於核事故導致的恐怖情景，影片盡量克制，沒有刻意煽情。當然，難免會出現一些令人不忍卒睹的畫面。

　　Chernobyl 的主線是追尋真相、重現真相，所以在劇情的部分傾向知性，不乏借人物之口介紹基礎核能知識。主角是負責處理輻射洩漏和擴散問題的核能科學家 Valery Legasov 和統籌救災行動的內閣處理主席 Boris Shcherbina，另外還有私自加入調查的科學家 Ulana Khomyuk。劇集從一九八六年四月二十六日晚上切爾諾貝爾核電廠反應堆爆炸開始，逐步敘述應變和救災過程。由附近城鎮的消防隊率先到達，到管理層試圖淡化事故嚴重性和封鎖消息，然後到莫斯科直接派員到場了解，並證實一場前所未有的核災難的發生，劇情在頭兩集已經推向高潮。

　　在爆炸造成的火災撲滅後，更可怕的輻射洩漏、潛在的

再爆炸危機和地下水污染問題便接連展開。連串的難題除了考驗科學家的應對，也導致了很多人的犧牲。當時最先進的機器人，也因為承受不住高輻射量而立即壞掉。為了保障大半個歐洲的安全，唯有動用所謂的「生物機器人」，也即是人類。於是，工人冒死進入核電廠打開水閘。數以千計的清理人員，承受每人最多九十秒的輻射量，輪流把散佈在屋頂的石墨，用鏟子拋回反應堆裏去。另外還有負責挖掘地道的礦工、負責疏散的人員、負責測量的人員、負責把周邊的土地表層挖起重鋪的人員，以及在核電廠外圍加建混凝土保護殼的人員等等。整個現代史上最浩大的工程所動員的人數，據稱達五、六十萬。根據國際原子能總署的報告，事故的即時死者有五十六人，因核感染而死於癌症的有約四千人。根據其他報告，估計健康受長遠影響而死亡的人數，由九萬人到二十萬人不等。

電視劇呈現了當時的一項特別任務。青年工人 Pavel 被徵召到現場，加入狩獵小隊，專責把禁區範圍內的動物射殺，以免牠們把輻射帶到禁區以外。這些動物大部分是居民的家犬和家貓，因為被禁止帶走而遺留下來。牠們看見人類出現，都滿心歡喜地跑出來，想不到結果是遭到射殺。連槍也未拿過的年輕小子，在曾經參與阿富汗戰爭的大兵哥的帶領下，進行殘酷的殺戮任務，並在親手射殺無辜的小動物之後流下淚來。大兵哥的命令是，如果第一槍只把動物打傷，立即補上第二槍。Don't let the animals suffer. 一場核災難充滿着我們難以想像的細節。

導演和編劇在事前參考了白羅斯紀實文學作家斯維拉娜．

亞歷塞維奇的《車諾比的悲鳴》，採用了當中的一些人物和故事，為影片加入了個人情感和日常生活的面向。最打動人心的，是第一批進入現場的消防員之一 Vasily Ignatenko 和他的妻子 Lyudmilla 的故事。Vasily 身受重傷被送往莫斯科醫院，妻子排除萬難跟隨在旁，看着丈夫的身體急劇惡化變形，但卻依然不離不棄。早已懷有身孕的 Lyudmilla 在丈夫死後的冬天誕下女兒，但嬰兒因輻射感染在幾小時內去世。如此悲慘的故事，影片的呈現恰如其分，沒有過度渲染。

亞歷塞維奇在一個訪問中表示，她對電視劇感到滿意，認為它展現出新的角度。至於有人認為劇中鍥而不捨追尋真相的女科學家是以她為原型，她卻不置可否，只是說加入女性的角度是一個很好的構思。最後一集處理的是真相的重組。在官方對涉事管理人員的審訊中，領導救災的核科學家 Legasov 痛陳玩忽職守者的責任，但最終卻把矛頭指向核電廠的設計失誤，導致無法在緊急狀況下關閉反應堆，反而引起爆炸。要知道在蘇聯共產主義體制內，指摘國家犯錯是嚴重罪行。Legasov 便因為說出真相，而被當局由英雄打為反動分子，撤除所有職務，但因為他是國際知名科學家而不便處以更高的刑罰。兩年後，Legasov 在留下錄音證辭之後自殺。據電視劇所說，他的錄音在國內科學界廣為流傳，政府終於在真相面前屈服，徹底修正所有核電廠的設計錯誤。

Chernobyl 播出後在美國口碑極佳，但俄國和一些東歐國家的評論人和觀眾卻發出不少質疑。挑剔影片在美術指導上（例

如房屋窗框之類）不夠寫實還是其次，有人還認為在劇情上的頗多虛構有違事實。比如說，有人質疑在結尾的大審判中，科學家公開指證領導層的失誤是完全不可能發生的事情。亦有人不滿影片延續把共產黨領導統統描繪成壞蛋這種陳腔濫調，對「說謊」的當局大肆抹黑，為的只是彰顯所謂的西方價值。這些當然是親身經歷過蘇聯時代的人們和西方觀察者之間的落差。

　　如何在虛構創作中（縱使是歷史劇）尊重真實，繼續會是爭議性的問題。而不同的觀點或眼光，會產生不同的真實，也是無法迴避的事情。至於紀實作品只能在事後介入，作出後見之明的呈現，也指出了敘述形式（特別是電影或長篇小說）與現實的關係，永遠有一段時間的落差。也許，時間會令我們看得更清楚，但要等待事情的雜質慢慢沉澱，我們需要的是無比的耐性，和自制。

憤怒與羞恥

　　從未試過旅行時帶着如此異樣的心情。沖繩這個地方，夠懶洋洋的。對着美麗的大海和夕陽，令人什麼都不想做。旅程上照例帶着書，是大江健三郎的《沖繩札記》，非常不適合悠閒度假的一本書。妻子先看，然後輪到我。她看完便在酒店寫了篇專欄。我呢，回來香港之後才寫。一書二寫，我們都算是無賴夫妻了。

　　沖繩古稱琉球國，曾向明朝和清朝進貢，深受中國文化影響，建築、服裝和飲食習慣也甚有中華風味。後來受到日本的薩摩藩控制，並在明治維新時期正式被日本兼併。琉球王朝終結，改立為沖繩縣。琉球群島離日本本土甚遠，反而更近台灣。作為日本的一部分，沖繩長久以來也有一種格格不入的感覺。在二戰末期被美軍佔領，至七十年代才正式「返還」日本，沖繩人一直存在身分認同的問題。

　　《沖繩札記》由九篇隨筆組成，一九六九至七〇年陸續在報章發表，然後結集成書。在此前，大江也寫了一本《廣島札記》，談論廣島原爆的政治和道德問題。五十年代中以「大學生小說家」出身的大江健三郎，致力於通過寫作介入社會。《沖繩札記》探討的沖繩返還，是戰後日本的另一尖銳議題。他為此

走訪沖繩，與返還運動的領袖會面，深入了解沖繩人的經歷。大江沒有採用報道的寫法，也沒有系統地鋪陳事實。相反，他從主觀的文學角度，以作為日本「本土人」的身分，也即是對沖繩人來說的「外來者」、「利用者」，甚或是「壓迫者」的位置，來表述對沖繩既關注但又歉疚的複雜心情。

《沖繩札記》的關鍵詞分別是「憤怒」和「羞恥」。前者是沖繩人被日本本土離棄的憤怒，後者是滿懷歉疚的本土人大江健三郎的羞恥。藉着自我批判，大江也同時批判了所有本土日本人，特別是有意利用沖繩的政客。但是，他也同時自覺沒有資格站在沖繩人的一方，為對方發聲和抱不平，並且甘願承受沖繩人「沉默的拒絕」。這種屬於大江健三郎本人的主觀態度，成為了代表着本土人的普遍缺失的客觀反映。所以札記融合了紀實文學和個人感想的雙重特質。大江因為承認羞恥和歉疚，被右翼分子長期攻擊，指控他散佈「自虐史觀」。

簡而言之，本土日本虧欠了沖繩什麼呢？在十九世紀末之前，沖繩群島隸屬獨立的琉球國。琉球國同時受中國和日本文化影響，亦同時向兩國進貢。明治時期日本強佔琉球，將它置為藩屬，後來又改為縣。二次大戰末期，美軍在太平洋步步進逼，沖繩是日本唯一經歷地面戰的國土。沖繩一役日軍和沖繩平民共二十多萬人死亡，那霸市九成被毀，主要島嶼面目全非。期間發生了日本軍官命令沖繩村民集體自殺，以示對天皇的效忠，以及減輕軍隊的負擔，如此滅絕人性的事件。

戰後美軍接管沖繩，建設為東亞的最重要海空軍基地，並以此為據點支援韓戰和越戰。沖繩人的土地被美軍強徵，居民被迫遷移或者留下來在美軍基地打工，過着下等人的生活。沖繩人欲借助美國的力量復國的想法破滅後，轉而向日本本土要求回歸，成為正式的日本國民。這場爭取「返還」的運動，便是大江健三郎採訪沖繩的起點。沖繩人希望回歸「祖國」，為的是獲得正式的日本公民身分，並以沖繩利益為前提參與國政，終止淪為本土的棋子或工具，一再地被離棄和犧牲的處境。

令沖繩人更為憤怒的是，日本政府之所以樂於從美軍收回沖繩管治權，完全出於沖繩可以「帶核回歸」的幻想。也即是說，美軍會連同（據說）部署在沖繩基地的核武器，一起轉交給日本。那麼，日本便可以一躍成為核武擁有國。政客們當時是打着這個如意算盤的。但是，從沖繩人的角度，這根本就是另一次的利用和出賣。就算在沖繩部署核武，面對擁有大量核彈頭的中國，一旦戰爭爆發，不但無法真正和中國對敵，甚至會招來對方的核攻擊。到時沖繩只有全面毀滅的下場，再一次成為日本本土的犧牲品。所以沖繩人堅決反核和反美軍基地。

一九七二年，美國正式把沖繩的管治權交回日本手上，但是圍繞着美軍基地的紛爭至今未有平息。沖繩人時時刻刻把美軍的存在視作安全威脅和恥辱，並因此而滿腔憤怒。但政客們繼續無視沖繩人的抗議，對他們長年的要求置若罔聞。大江健三郎因為《沖繩札記》裏談及日本軍官（雖然沒有指名道姓）命令沖繩村民自殺的事件，而在二〇〇四年遭到當事人的誹謗

控訴。經歷一審、二審和上訴，大江三次都獲判勝訴。雖然經歷了長期訴訟的困擾，但最終的勝訴代表着公義得到彰顯。從此可以見出，沖繩問題到今天還未得到解決，而批判《沖繩札記》和控告大江健三郎，成為了右翼軍國主義復興的戲碼。

他者的地獄

　　大江健三郎一九六九至七○年寫作《沖繩札記》之前，也曾於一九六四至六五年，發表了一系列關於廣島的隨筆，後結集成《廣島札記》。大江於戰後多次走訪廣島，了解原爆對廣島人造成的傷害。我手上的《廣島札記》中譯本，是一九九五年五月內地光明日報出版社的版本。大江健三郎一九九四年十月獲得諾貝爾文學獎，短短半年間，內地便譯出了大量他的作品，對當時年輕的我造成了很大的衝擊。

　　我在本欄也談過另一位諾貝爾文學獎得主，白羅斯作家斯維拉娜‧亞歷塞維奇（Svetlana Alexievich）。她比大江晚二十一年得獎（二○一五年），代表作《車諾比的悲鳴》（*Voices from Chernobyl*）寫的也是核子災害的主題。論破壞程度和傷亡人數，廣島原爆當然無可比擬。一九四五年八月六日早上八時十五分，第一枚原子彈在廣島上空爆炸，即時造成約八萬人死亡，約同等人數受傷。受輻射感染患上癌病的災民和他們的後代，數目多到無法估計。美國決定投擲原子彈的理由是，發動對日本的本土戰傷亡將會更為慘重，估計雙方軍民犧牲者會達到二千萬以上。但是，以二十多萬人（加上三天後被炸的長崎）的恐怖而無辜的死亡作為代價，真的只是一個戰略上的問題嗎？重要的不單是人數、時間、物資等等，而是人類首次用上

了如此大規模的毀滅性武器。這亙古未有的一步，極可能會引領人類走上自我毀滅之途。

當然，也不能說亞歷塞維奇記述的切爾諾貝爾核電廠事故不及廣島原爆嚴重。就原子能的運用（戰爭和產電）而言，它所涉及的風險和危害其實是同一回事。所以反核同時包含反對核子武器和核能開發。大江的札記和亞歷塞維奇的口述歷史之間的比較，除了是核災害的成因和性質的差異——前者是原子彈攻擊，後者是核電廠意外——就寫作形式而言，也有明顯而極具意義的分別。兩者皆可納入紀實文學的類型，但兩人處理現實的方式卻完全不同。

也許是由於出身的分別，本職是記者的亞歷塞維奇採用了口述歷史的形式，集中呈現受訪者的聲音。雖然肯定經過剪裁，但作者盡量保留受訪者的語句和語調，只是有限地在括號中加入形容詞，或者標示哪裏出現停頓。對受訪者的身分亦只作最簡單的交代，有時甚至連名字也沒有（可能出於受訪者要求）。作者的前言和後記也十分簡潔，把自己的見解和感想減到最少。作為一位資深記者，亞歷塞維奇當然知道沒有絕對客觀這回事，也完全意識到自己作為採訪者的角色，必然會介入或干擾「真實」的呈現。但是，她還是盡量讓受訪者的聲音自行呈現，保留原來的狀態（包括對採訪者的當面批評或責備）。

報道或訪談永遠是一件如何面對「他者」的事情。他者擁有不為人所知和所感的經歷。這些常常是痛苦或災難的經歷，

成為了他們與外來的人、想探知他們的經歷的人的鴻溝。無語是他者的詛咒，但這不是因為他們不想或者不懂發聲，而是因為他們處於被消音的狀態（無論是被權力還是被痛苦經歷本身）。報道者很容易採取「讓我來幫你發聲」這樣的雖出自善意但卻不對等的態度，甚至因為自身的局限或偏見而傾向過多的主觀塑造，令他者的經驗變形、扭曲或者隱蔽。亞歷塞維奇的做法，是在關係結構的局限下，嘗試最大程度地釋放或回復他者的真實聲音。

大江健三郎的取向顯然是不同的。他一方面擁有小說家的背景，亦同時對他者的存在處境保持高度自覺。很難說大江究竟是從一開始就在小說創作中採納他者意識，還是在採訪廣島和沖繩的過程中感受到他者的位置，並影響到他的小說創作方法。更貼切的理解是紀實和虛構兩者互相啟發。正如在《沖繩札記》中嘗試了解沖繩人對日本本土的控訴，並承認自己身為本土人的羞恥，在多次採訪廣島的過程中，他認識到原爆受害者的經驗是外人所沒法完全理解的。無數的死者、傷者、病患者，成為了經歷了人間地獄的他者，而與所有僥倖免於災劫的人們陰陽相隔。要直面他者，必須有進入陰間的準備。

大江健三郎具備這樣的條件。他在《廣島札記》的開首說：「像這樣的書，從個人的事情入筆，或許不夠妥當。可是這裏所收集的有關廣島的所有隨筆，對我個人來說也好，對始終與我一起從事這項工作的編輯安江良介先生來說也好，都是深深觸動我們各自的靈魂的。所以，我很想把一九六三年夏我們

兩人一起初次去廣島旅行時的個人經歷記錄下來。當時，從我這方面說，我的第一個兒子正處於瀕死狀態，整天躺在玻璃箱子裏，簡直毫無康復的希望；而安江先生，則恰值他頭一個女兒去世。加之，我倆共同的一位朋友，因整日潛心於『世界最終爆發核戰爭的情景』專題研究而惶恐不已，竟在巴黎自縊身死。然而，不管怎樣，我們彼此徹底征服了對方，還是向着盛夏的廣島出發了。」

從個人的角度書寫紀實文學，牽涉的不單是加入作者的觀點和感受，而是反過來往自己的內心，尋找與他者的連結。那就是把他者的地獄，當作自己的地獄看待。這是讓主觀性成為紀實的支點的方法。究竟作者應該隱藏自身還是突顯自身，沒有定論，重點是必須以他者的尊嚴為依據。也許，在最好的時候，兩者其實是殊途同歸的。

裸命與盛世

　　所謂的「裸命」（bare life），並不是普通的死剩爛命一條，孑然一身，也不是拋開文明的束縛，回歸自然。它不是指一般的一無所有，或者因為個人際遇的緣故而亡命天涯。它必然產生於體制之內，又被排除於體制之外。未被體制所吸納（因體制尚未確立）的原始人，不能稱為裸命。動物界弱肉強食，生命朝不保夕，但也不屬於裸命。裸命是界於文明和自然之間的一個非空間。

　　現代政治體制（不論民主還是專制）的強大，在於它的無孔不入，無遠弗屆。古人說「普天之下，莫非王土」，在當時只是一種信念，但在今天，它已經成為事實。地球上已經沒有無人地帶。所以才有所謂「人類世」（Anthropocene）這樣的地質學概念的出現。人類世好像標示人類稱霸地球，但其實同時意味着人無處可逃。在這塊無處可逃的地上被體制排除，人不是回到自然或蠻荒，因為自然或蠻荒已經不復存在，人是被困在「裸命」這個非空間裏。

　　陳冠中二〇一三年的《裸命》，描寫的就是這個特殊（或例外）狀態。小說主角是一個當私人司機的西藏人，表面上是因為命運的播弄，實際上卻是政治體制的使然，而輾轉落入了

完全失去社會身分，人人得而誅之，死無葬身之所的絕境。《裸命》繼陳冠中的前作《盛世》寫出，其互補意義不言自明——只有盛世，才會盛產裸命；裸命是盛世的基礎。所以我們不要以為，裸命指的是世道離亂、民不聊生、哀鴻遍野的狀況。裸命是制度強化的手段，不是制度崩潰的後果。（如果因為種族迫害或清洗，而出現難民大舉逃亡，也屬於裸命的範疇。）

日本現代作家島崎藤村在明治後期出版的小說《破戒》，主題也可以納入「裸命」的範圍。當然島崎心中不可能有「裸命」這個想法，那是二十世紀九十年代由意大利思想家阿甘本提出之後，才引起廣泛討論和引用的概念。但是，島崎筆下的族群「穢多」，無疑是「裸命」的最佳寫照。「穢多」（或「非人」）出現於日本封建時代，原本並非血源上的一個種族，而是由落敗武士、罪犯、俘虜、染疫者等聚集而成的群體，專門從事屠宰、殮葬或其他底層污穢行業。他們被視為社會上的賤民，常人都跟他們保持距離，也絕對不會跟他們通婚。武士甚至可以任意殺死穢多，而不會受到懲罰。後面這一點，跟阿甘本指出的羅馬時期的「神聖之人」（既可以合法殺死但又不能奉獻給神靈的人）情況極其相似。

明治維新之後，日本建立了現代政治社會體制，但「穢多」的不文明制度並沒有解除。《破戒》中的主角丑松，是一位隱瞞自己的穢多出身，成功當上了中學教師的年輕人。丑松原本對生命充滿期待，才能亦勝於一般，至少可以以教育工作者的身分在社會上立足。但是，他的出身的秘密一直折磨着他。在深

山中藏匿的父親給他訂下一條不能違反的戒律，就是死也不能說出自己的穢多背景。醜松後來遇上他十分景仰的穢多知識分子蓮三郎，多次想向對方表露自己也是穢多的心迹，但都沒法說出口。蓮三郎雖然是個知名前進思想家，但他也因為身為穢多後代而被世間攻擊，後來更被政治暗殺。而醜松的秘密最終還是泄漏了，他決定豁出一切「破戒」，大聲向世間宣示自己的真正身分。

　　令人驚訝的是，穢多的族群區分，在今天的日本依然存在。據調查顯示，日本依然有三百萬穢多人口，散落在全國六千多個社區。當中不少人繼承了祖上的職業，繼續從事屠宰等低下層工作，在社會上仍然受到歧視。他們會收到來自「正常人」的恐嚇信，甚至秘密被列入黑名單，令僱主可以在招聘員工的時候把穢多剔除。這造成了穢多向其他社會階層和職業流動的障礙，有的還因此而淪為黑幫成員。穢多成員就算爭取到較好的教育，甚至少數發達而變得富有，在社會上依然備受排斥。很難想像，在日本這樣高度文明的社會，居然還實行着賤民制度，而且涉及的人數非常龐大。

　　從穢多的例子所說明的裸命，關乎的不但是社會不公和歧視，而是體制需要製造一個例外的類別，以確立自身的權威。這些裸命或準裸命，雖然會構成一定的社會問題，但這些問題，往往是維持社會穩定的有用因素。可以推論，在傳統社會裏，穢多的存在有助於塑造和維持「我們都是正常人」或者「我們才是人」的強大社會黏合性。在其他社會裏，裸命們化身

為「新移民」、「低端人口」，或其他少數種族或信仰者的標籤。

　　在我們正在面對的疫潮中，裸命的滋長也變得切身和尖銳。感染的可怕之處不但在於生命受到威脅，也在於失去了平素享有的自主權。感染者立即變成了個案，被強制隔離治療的染疫軀體，最後成為一個數字。在社會上，疑似感染者或特定族群，也紛紛遭到了「非人」的對待，被歧視、拒絕和排斥。這一方面是人性的自私或自保的反應，但另一方面，其實也是制度進行自我維護的運作方式。問題是，當裸命累增和擴散的勢頭超過了臨界點，制度也會因為無法承受而崩潰。當中的悲哀結論是：裸命戰勝體制的唯一可能，是同歸於盡。

舒適圈

　　不知為何，很討厭人用「comfort zone」或「舒適圈」這個詞。總覺得說的人有一種自以為是，指點別人的語氣，或者是想標榜自己就是因為勇於跳出「舒適圈」，而獲得了事業上的成功。其實追求舒適安穩本身是人類以至於所有生物的本性，沒有動物會在生存所需以外無緣無故地冒險的。有些生物之所以生活在極端環境和氣候，不是為了尋找新經驗或刺激，而只是求存而已。當牠們適應了這些絕境，這就變成了牠們的舒適圈。把一頭慣於生活在冰天雪地的北極熊放在熱帶森林，牠很快就會絕命。

　　當然，我們可以說人類跟其他生物的不同之處，就是我們有別的生物沒有的創新和冒險精神。要不就不會有發現新大陸，以及上天下海的探索了。結論似乎是，人類是最不願意留在舒適圈裏的生物。只有人類會吃極熱和極冷的食物，弄出各種極端的口味，並視為極品的享受。我們甚至會以自虐為樂，玩跳樓機、笨豬跳這些不但絕不舒適，更加可以說是極刑一般的遊戲。可是，人類同時試圖不斷擴大自己的舒適圈。於是全世界趨向變得同一個模樣，去到哪裏都有麥當勞和 Starbucks。如果人類有天移居外太空，也會首先在那些星球上蓋個大型購物商場和開設跟地球一樣的連鎖店吧。

其實舒適圈是不是真的舒適，也很難說。也許所謂舒適，只是習慣而已。習慣這回事，有好有壞。有好習慣，也有壞習慣；而就習慣本身而言，有好的一面，也有壞的一面。好的是穩定和熟悉，做事精專和得心應手；壞的是因循守舊，沉悶怠惰。但它實際上是好是壞，也要看對待的態度，不存在絕對的標準。更有些時候，人會沉迷於重複不斷的痛苦之中，把它變成自己的舒適圈不願離開，彷彿只有活在情感的地獄裏，才能感到生存的意義。

一般會把舒適圈這個詞用在學業和事業上，鼓勵人跳出自己既有的規律，例如到外國留學、轉換更具挑戰性的行業、辭掉工作到一些離奇古怪的地方旅居，或者推孩子去接受軍訓。在文學上也有類似的觀點，強調某些作家因為經歷了國破家亡、顛沛流離之苦，得到了人生的歷練，在創作上才能有所開拓。這是把作者經驗和作品水平掛鈎的說法。換句話說，一直活在舒適圈裏，沒有受到人生考驗的作家，不會是好作家。試想想，如果曹雪芹不是不幸被抄家，落拓江湖，可能終身只是個公子哥兒，絕對寫不出《紅樓夢》來。

不過，這種經驗決定論也是片面的。所謂經驗，不只是生命外部經歷的事件。一個人的心靈本身也在不斷變化，有着內在的發展軌跡。不能說某人因為沒有離開過自己的居住地，走出過自己的階級，或者改變過自己的生活習慣，便不可能得到人生體驗的提升。所以，有「走萬里路」（依憑經驗創作）的作家，也有「閉門造車」（依憑想像力創作）的作家。也許是性格

決定品味，我所喜歡的作家，很多都是後者。雖然，我並不排斥前者。

　　普魯斯特是個典型的成長於舒適圈的少爺。年輕時是個花花公子，出入於上流社會，交往的都是貴族和名人。偶爾接觸低下階層，對他來說已經是非常刺激的冒險。他的旅遊經驗不多，童年時去法國鄉間和海邊度假，成年後最遠去過威尼斯。自從開始創作長篇小說，普魯斯特便變得深居簡出，後來更因為嚴重的哮喘，終日躺在睡房牀上寫作。他在書中說：「真正的發現之旅，不在於親身探訪異地，而在於擁有他人的眼睛，從千百人的眼睛中，觀看千百個不同的宇宙。」他說的是藝術創作對觀賞者的意義，但也肯定是一個隱蔽者的心聲。

　　卡夫卡的生活圈子比普魯斯特更為狹小。除了生命晚期為了醫治肺病而到過柏林和維也納療養，大部分時間住在出生地布拉格，過着日間上班晚上寫作的單調生活。他的舒適圈也許並不舒適，要不就不會呈現為筆下的「城堡」和「迷宮」。一個生活在捷克、運用德語寫作的猶太人，文化上的邊緣和少數，終身寂寂無名，死時遺願是燒毀所有手稿。這樣的一個孤獨者，在自我的小牢房裏，想像遙遠的「中國長城」和「亞美利堅」，但那廣闊的外面並不是美好新世界，而只是法網難逃的「流放地」。根本就不存在舒適圈內外的分野。既非此處是天堂，他方是地獄；也非此處是地獄，他方是天堂。在異化的時代，所有地方也是異地，包括家鄉。

　　佩索亞生於里斯本，七歲隨改嫁的母親移居南非，十七歲回歸故城之後，便沒有再離開。他生活在自己最熟悉的街區，日間處理商務文書維生，晚上把自己分裂成七十多個角色，獨力創造出整個文學宇宙。對於經驗，他認為不假外求。他在《不安之書》中說，旅行是最令人噁心而且毫無意義的事情。我們毋須舟車勞頓，便可以獲得強烈的感受，因為感官不在外物，而在我們自己的身體內。我們沒法超越自己的感官，所以我們也沒法從自我出遊。帶着既有的自我，就算去到哪裏也沒有分別。相反，在自我的想像裏，我們可以像皇帝出巡一樣，君臨自己創造的世界。所以，最美妙的旅行不是外在的旅行，而是內在的旅行。

　　巴黎之於普魯斯特，布拉格之於卡夫卡，里斯本之於佩索亞，就是他們的 comfort zone。無論是情願還是不情願，是保護還是困鎖，他們在外人看來內向幽閉的生活中，肆意進行無遠弗屆的精神冒險。說到底，本來就沒有所謂舒適圈。一切都是心的變現。

契訶夫的玄談

　　小說家多半以長篇來奠定自己的地位，尤其是在西方，novel 一詞指的就是長篇，有時泛指小說本身。短篇稱為 short stories，有一種次一等的感覺。不過，也有專門寫短篇而成績斐然，留芳後世的作家，好像契訶夫和波赫士。兩人的風格南轅北轍，不但由於時代和地域文化的差異（十九世紀末俄國和二十世紀中拉丁美洲），也由於兩人極端不同的感受性。

　　說喜歡契訶夫，好像標榜着某種品味。（不過哪一個作家不代表某種品味？）品味這東西不容易說清楚，但契訶夫和波赫士分別代表的品味，顯然比兩個民族的菜式的差別還大。不過，文學品味這東西，還是愈濫愈好，盡量不要偏食。偏好契訶夫的，大概都是沉醉於他擅寫微妙的情感、富有情調的處境和濃重的憂鬱。用契訶夫自己的話說，就是情緒或氣氛的捕捉。這當然是很迷人的，但並不是契訶夫小說的全部。

　　契訶夫並不純粹從事心境描寫，也十分擅於社會諷刺和人生思辨。多數人喜歡的是他情感的部分，而較不重視他理智的部分。略一翻看契訶夫的多種選集，也可以看出一些端倪。契訶夫一生共寫下三百多個短篇，經常被收入選集的約二十多篇。最為編選者喜愛的是和愛情有關的篇章（有一篇就叫做

〈關於愛情〉），以〈帶小狗的女人〉最為人稱道。這很明顯是基於行銷的考慮。社會諷刺作品變得較為次要，而沉重又「冗長」的中篇力作，好像〈一個沉悶的故事〉、〈我的人生〉等，則往往被忽略。當中最晦暗的〈第六病室〉，在較新的譯本中都不見蹤影。這樣下去很可能會對契訶夫的形象造成扭曲。（當然不排除有一天出版社突然以「暗黑契訶夫」為行銷點子，大賣其厭世或病態。）

契訶夫在大學時代開始寫小說，初時是為了生計，寫的都是發表在小報上的滑稽小品。後來才華漸漸受到肯定，得到高檔文學雜誌邀稿，寫作態度也變得嚴肅起來。這類嚴肅作品一般篇幅都較長，節奏較緩慢，題材較沉重，也有較多的長篇議論。一般以為契訶夫是簡潔和精煉的代表，並不是事實的全部。像其他同時代的俄國作家一樣，契訶夫很喜歡「玄談」（philosophizing）。所謂玄談，就是議論人生的意義，或者對社會問題進行哲學思辨。契訶夫的劇作中總有些喜歡philosophizing 的人物，但都帶點滑稽，經常是被取笑的對象。在他的小說中也有這個現象。也許可以說，契訶夫是帶着諷刺的距離去進行玄談的，所以是玄談的戲仿。但是，玄談始終是玄談，而且戲仿也不是沒有認真的成分。到頭來，這些玄談也是令人感到相當刺痛和悲涼的。

〈第六病室〉像所有的契訶夫小說一樣，緩緩道來，但卻不減它力度逐漸增加的，一波又一波的震撼。在偏遠小鎮的醫院大樓外面，有一間稱為第六病室的簡陋小屋，專門收容精神病

人。病室猶如監獄，環境惡劣，病人有進無出，在裏面飽受毆打和虐待。在五個病人當中，有一個幻有妄想症和迫害狂的青年格魯莫夫，本來是個讀書不少，喜歡思考的人。醫院的主管醫生拉京人品不壞，只是有如活在夢中一樣，一味獨善其身，安於現狀，對周遭的問題視而不見。格魯莫夫就是在拉京的診斷下，被送進第六病室的。有一天拉京突然心血來潮，跑進六號病室去看看。他從未踏足過這個人間地獄，對裏面的情況感到震驚。他非常同情格魯莫夫的處境，嘗試和他交談，兩人展開了一場杜斯妥也夫斯基式的辯論。

醫生試圖平息年輕人對自己的痛苦的不滿，說：「舒適的房間和這病室其實沒有分別，安靜和滿足不是在人的外部，而是在人的內心。」又說：「普通人是從身外之物，也即是從馬車和書房，期待好的或者壞的東西，而有思想的人卻在自己的內心期待這些東西。」然後又大談如何以意志克服痛苦的概念，以及第歐根尼和斯多葛派的主張。格魯莫夫光火起來，反駁說：「我只知道上帝是以熱血和神經把我創造出來的，人的機體組織，如果是有生命的，就必然對一切有反應。」他反問醫生有沒有真正的受過苦，有沒有被人打過、虐待過。醫生當然是沒有的，但他不以為然，繼續以內心的平靜來說服對方接受一切。

生命的逆轉不知不覺地出現。醫生對瘋子格魯莫夫產生好感，甚至公開表示欣賞對方，每天跑到第六病室去跟他詳談。這個怪異的行為被認為是精神異常的表現。後來眾人合謀

迫他從醫院主管的位置退下來，甚至把他送進第六病室去。醫生發現自己被當成瘋子關起來，此時才如夢初醒，但已經為時已晚。諷刺的是，他無法平靜地面對自己的命運，反而發瘋死掉。故事的結局散發着強烈的卡夫卡的氣味。

評論認為，契訶夫想借這篇小說諷刺托爾斯泰主張的「對邪惡的不抵抗」。對社會的惡不採取行動，默默承受，只求個人心靈的自由，結果只會陷入奴役。我想調侃的意味是有的，但極為尊敬托老的契訶夫未必有意跟前輩對着幹。事實上，就十九世紀末俄國社會的問題，契訶夫在不同的小說中，藉着不同的人物表達過不同的意見，總體來看就是多邊的辯論，但究竟哪一個是契訶夫毫無保留的主張，並不容易定奪。與其說契訶夫支持或反對什麼觀點，不如說他編寫出非常生動的社會劇場，把當代俄國知識分子的論爭戲劇化，讓觀眾自行作出判斷。

極簡的迷宮

　　單以玄談而論，契訶夫怎麼也不及同樣是短篇小說大師的波赫士那麼令人目眩。把波赫士歸為玄學、玄想、玄談一類作家，斷無異議。直白點說，就是結合哲思和想像力，挑戰虛構的極限。契訶夫的日常生活情感，在波赫士當中是完全欠奉的。所以說兩人是文學品味的兩端。

　　雖然我很喜歡契訶夫，但首先影響我的，而且對我影響更深的，卻是波赫士。波赫士的小說百讀不厭，每隔幾年挑幾篇重讀一次，每次都有新發現，或者應該說，每次都像第一次讀的一樣驚奇和震撼。（當然好小說都是百讀不厭的，所以這句有一半是廢話，但真的忍不住要這樣表達。）單靠短篇成為經典作家真的不易。從前大小說家都只寫長篇，短篇是不入流的。近世長篇愈來愈難在市場上生存，所以亦有不少作家兼管長短篇，大小通吃，兩面討好，好像馬奎斯和村上春樹都是成功的例子。只寫短篇的不是沒有，但能獲得高度認可的相對比較少。在西方出版界，短篇小說集是很不吃香的，出版社最想出的是「短的長篇」，即既是長篇但又不至太費力閱讀的作品。近年挪威作家 Knausgård 以六冊過千萬字的超級長篇《我的奮鬥》走紅，是萬中無一的特例，大家千萬不要學習。

　　有時真的會被波赫士迷惑，覺得人生苦短，何必花精力在長篇上面呢？寫寫和讀讀短篇不是很適意嗎？不過，精美如波赫士的短篇，也嫌太短，太快便讀完了。除非像契訶夫那樣寫上幾百篇吧。讀完了難免感到意猶未盡，但卻必須忍住那被吊的胃口，留待下次重讀再得到滿足了。也許，這就是波赫士高明的地方。他懂得什麼叫做收手，換個說法就是節制。不過，他會謙稱自己不過是出於懶惰。寫長篇太費力，大辛苦了！但波赫士並不是對長篇巨製沒有興趣。也絕不是說，波赫士只着眼於微末瑣碎的題材。相反，與大長篇作家托爾斯泰、普魯斯特、巴爾扎克等相比，波赫士的想像世界之廣闊和雄偉，完全不覺遜色，在宇宙觀方面，甚至有過之而無不及。

　　波赫士小說藝術中最精奇的招數，就是把長篇的構思以短篇的形式寫出來。與其親自去寫這些長篇，不如假想它們已經被寫出，然後以短篇來講述它的特色。波赫士的小說中充滿着看似真實，但其實是虛構出來的書本。最令人目不暇給的，是 *Tlön, Uqbar, Orbis Tertius* 這個短篇。在小說中有人試圖偽造《英美百科全書》的不存在冊數，去創造一個不存在的國家的歷史和風物。幾經敘事者的追查，發現這是一個秘密組織的有系統的作為。後來有人覺得只是虛構一個國家實在不夠大膽、不夠過癮，於是提出要虛構一個星球。這個新星球和它的文明的種種偽造資料、文獻，甚至是實物，開始被偷偷地製造和混入現實世界中。世界各地出現了各種形狀奇特、用處不明、成分和質量極不尋常的物體。虛構世界悄悄地滲透真實世界。波赫士無須親自去寫那個國家和那個星球，但他卻已經間接地把它

們創造出來了。

　　最精彩的也許不是這些想像本身，而是執行想像的敘述手法。首先是如何把宏大的構想進行濃縮和挑選，呈現最精彩的成分，而不流於空洞的概念陳述。其次是如何動用寫實的手段，令那些只有骨幹的構想，看來好像已經完成和實際存在的事物。第三是如何把瘋狂的奇想顯得合理，富有邏輯上的說服力。波赫士採用了一種精準、簡潔、冷靜、不花巧、非戲劇化的筆調，去營造一種「事實本身」的氣氛。但也不是說波赫士的語言不是文藝的，沒經過精心琢磨的，平板和枯燥的，只是琢磨得很不着痕跡而已。結果是一種奇妙的反作用力——文字愈平實，效果愈驚奇；語言愈克制，想像愈爆發。就如〈死亡與羅盤〉中的偵探倫洛所說，要繪畫一個完美的迷宮，不需要大量和複雜的線條，只要一條直線便足夠——對直線不斷進行對等分割，終點將永無窮盡。波赫士的小說就是那條看似簡單的直線。

　　如果要精讀的話，波赫士的精髓可以包含在十篇以內。除了上述的 *Tlön, Uqbar, Orbis Tertius*，還有〈小徑分岔的花園〉、〈巴比倫的彩票〉、〈皮埃·馬納，吉訶德的作者〉、〈環形廢墟〉、〈巴別的圖書館〉、〈超強記憶的富恩特斯〉、〈死亡與羅盤〉等。這些短篇全部都精巧無比，完美地融合哲學與奇想，把思考美學化而不減損思考的力量，把文學哲學化而不減損文學的美感。把波赫士稱為玄談文學的霸主可謂毫不誇張。當然，對於習慣閱讀純感性文學的讀者，要進入波赫士的世界的確是要

經過一番調整和適應的。不過，這就像嗜甜的人初試苦味的食物一樣，只要放下自己的偏好，未嘗不是可以習得的享受。

波赫士曾經總結說，所有奇幻文學的基本手法只有四種：書中書（作品中的作品）、夢幻對真實的滲透、時間穿梭和分身。最後一項 the double 又叫做 doppelganger，是十九世紀歐洲詭異文學的重要成分。由此引伸出來的，就是關乎現實世界、知識、時間和自我的本質的問題。我發現自己一直在實踐的，就是這幾種手法。我一直在探索的，也是這幾個主題。從這個角度看，我是波赫士的追隨者。不過波赫士也說過，所有作家都在創造自己的前行者。按照這個說法，不是我受到波赫士的影響，而是我利用波赫士來肯定自己。我以上所說的，只是「我的波赫士」而已。

兒子的真話

在以父子為題材的文學中，兒子寫父親的作品，遠比父親寫兒子的多。對於為何如此，我們可以作不同的猜想。比如說，以父親為「因」，兒子為「果」，人往往會從父親一方感到「影響的焦慮」。相反，兒子對父親談不上影響，最多只是牽涉責任，而在舊社會，養育兒女的責任落在母親身上，父親雖然不是對兒子沒有要求，但在日常生活上一般可以愛理不理。再者，父親只有一個，而兒女可以成群，焦點分散了，對作家自己的意義便比較模糊。

以上的情形在近代開始發生轉變。在當代家庭中，子女數目變少了，一個起，兩個止，每一個子女都更為珍貴，得到的關注也更多。父親的角色也隨着男女平權的觀念而改變，負擔起更多照顧子女的責任，與子女的關係更為緊密。在照顧子女的過程中，當代的父親比前代的父親產生更強烈的自覺意識，開始不把當父親這回事視為理所當然，而出現了更多的反思甚至自我懷疑。在通俗的層面出現了所謂的親子文學，以溫馨為主調，以教育意義為隱藏的目的。不過，親子關係其實並不是內在的純粹的家庭問題。如果書寫父親指向的是歷史源流，那麼書寫子女便必然指向對未來時代的展望和憂患。

在當代世界文學中，形象最突出的兒子莫過於日本小說家
大江健三郎的長子大江光。大江光出生之時，因為腦部異常而
要動手術，日後成為了智障兒。這對年輕的大江健三郎來說是
個巨大的打擊，甚至一度令他萌生自殺的念頭。最後他選擇了
小說家面對困境獨有的方法——把經驗寫成小說。《個人的體
驗》的主角鳥為了逃避生下畸形兒的困局，向女性友人火見子
尋求慰藉，在性之中獲得心靈治療，重新體認自己對畸形兒的
責任，決定回到兒子身邊與其共生。自此「與兒子共生」便成
為了大江文學的一貫主題，持續地出現在他的作品中。

閱讀大江自六十年代至今的作品，包括小說和散文，我
們可以看到大江光的成長歷程。由當初無助地躺在醫院的大頭
怪物，到擅於辨別雀鳥叫聲、展現出音樂天分的小孩，到每天
躺在客廳地上聽古典音樂和作曲的少年，再而到發表自己的音
樂專輯並且開音樂會的成年音樂家。在大江的後期小說中，大
江光已經是個中年男人了，但一如以往地富有赤子之心和幽默
感。作為父親的大江健三郎應該會感到安慰，但也同時會因為
自己和妻子即將來臨的死亡，而對兒子如何面對自己的老年而
感到擔憂吧。俗語「養兒一百歲，長憂九十九」，在大江來說肯
定是真實不虛。

大江光的身影不但散見於父親的不同小說中，他在其中一
部《靜靜的生活》中還擔任主角。這部小說頗為罕有地不是從
身為作家的父親的角度敘述，而是從女兒小 MA 的「家庭日記」
整理出來。話說父親 K 因為遇到人生的「困境」（創作障礙和

對信仰的困惑）而逃離日本，跑到美國某大學當駐校作家，母親因為不放心也跟着過去。家裏只剩下智障的哥哥 IYOO，正在念大學的妹妹小 MA 和即將考大學小弟 OO。三人首次在沒有父母在家的情況下度過了互相扶持的大半年。故事集中於小 MA 如何代替父親照顧哥哥的日常生活，例如帶他去福利工作中心上班、去音樂老師家上課、去游泳池做運動等。當中呈現出許多特殊需要人士在日常生活中所遇到的歧視和不便。按照大江一貫的思路，這些當然不會只是當作社會問題來看待，而同時提升至精神考驗和靈魂探索的高度。所以也不免會有些關於文學和電影的深度討論。

面對冷漠和不懷好意的世間，小 MA 是個戰戰兢兢的應對者，而哥哥雖然是個智障者，卻往往能從容以待。到了最後，他甚至反過來保護了妹妹，擊退了一個企圖施暴者。在充滿扭曲、畸形、陰暗的大江小說世界中，大江光的形象恆常是純真的、正直的、光輝的。這毋寧是對性格傾向陰鬱的父親大江健三郎的一股救贖的力量。我們大可不必去質疑這形象有多少是虛構的、想像的、美化的。常人也可以理解，現實總是會有更多的沙石和雜質，更為平庸和磨人。但這無礙大江以文學的手法創造出這段優美動人的父子關係。千思百慮的文學家大江健三郎所無法說出口的簡單真理，兒子大江光卻可以輕鬆無礙地說出。比如說，IYOO 在惹得弟弟生氣之後，喃喃自語地說：「過去我一直都是樂觀的！」以及在媽媽的建議下，為這段日子的「家庭日記」取一個更貼切的名字，而漫不經意地說出：「《靜靜的生活》如何？這正是我們的生活！」在這些純淨的時

刻，兒子超越了父親，毫不忸怩地講出了真話。

　　大江健三郎的小說經常長篇大論地探討嚴肅議題，令人覺得他是個嘮嘮叨叨的父親。他因為兒子大江光帶給他的啟發，而對年輕人充滿寄望，甚至以「新人」的稱呼，來表達未來世代為世界帶來更新的可能性。這遠遠超越了個人的親子書寫，而普及於人類總體的前途展望。所謂「個人的體驗」也同時是世界性的，但卻不是抽象的、空口講白話的，而是切切實實地在獨特的兒子身上體會到的。大江向我們展示出，一個當代的父親不再是權威的命令者，也不應只是一個教養者，而必須是一個時刻自我反思、從兒子身上學習的人。未來是屬於新人的。對於新人的正當追求，我們如果不但不加以協助，還從中諸多阻撓，這便是作為父親者的最大罪惡。

禪 者 的 史 觀

　　當代歷史學家哈拉瑞（Yuval Noah Harari）在近作《二十一世紀的二十一堂課》裏，正式談到自己的禪修經驗。這個獨特的背景，他之前只是在訪問或短文中談及。在他的成名作《人類大歷史》（*Sapiens: A Brief History of Humankind*）和續編《人類大命運》（*Homo Deus: A Brief History of Tomorrow*）當中，也沒有提及相關的經驗。可是，我敢斷言，哈拉瑞之所以發展出自成一家的歷史觀，跟他的禪修背景有深厚的關連。

　　哈拉瑞一九七六年在以色列出生，今年只是四十四歲。他初時的研究領域是中世紀史和軍事史，二〇〇〇年前後負笈英國牛津大學攻讀博士。就是在牛津求學期間，他接觸到內觀禪修（Vipassana），並且一練就是二十年。他每天都會花一至兩小時禪修，到今天依然不改。他認為禪修對他的學術工作有重要的正面作用。他的意思不但指禪修能令他更專注，在工作上更出色，更加意味着禪修有着更深層的意義。它徹底改變了哈拉瑞的生命觀和世界觀，因而也塑造了他的歷史觀。

　　哈拉瑞年紀輕輕，已經寫出了轟動學界、暢銷全球的書，很多人因此盛讚他的才華，甚至誇張地形容他是預言家，是先知。似乎很少人注意到，哈拉瑞的獨特史觀，其實來自禪修。

他自己也很謹慎，沒有把兩者直接連繫起來，只是不時輕輕帶過。一來是為了維護歷史的學術專業性，二來可能也是為了保持禪修的純粹性。試試想，如果為了自我標榜而弄出什麼「禪學史觀」，當然可能是個賣點，但對兩方面也有欠尊重。所以我認為他的決定是對的。但是，他也無可避免在著作中作出暗示，而只要細心留意，他給的暗示已經夠多夠明顯了。

哈拉瑞的史觀不難總結。根據演化論和生命科學的發現，人類和其他動物一樣，只是芸芸物種之一，並沒有本質上更優越的地方。傳統的賦予人類獨特性的觀念，例如靈魂、意識，或者自由意志，其實都是不同時代的不同虛構故事。但是哈拉瑞並沒有看輕這些虛構故事。相反，他認為人類之所以勝過其他物種，取得地球的控制權，就是因為這種創造和相信虛構故事的能力。是這種能力，令古人類能超越小型部落的限制，凝聚成更龐大的共同體，建立複雜的合作系統，形成巨大的勢力。在古代，主要的故事是宗教和王權，而在近代，則是人文主義，即對人類自身的價值的崇拜。隨之而出現的天賦人權、自由經濟、民主選舉制度等，都是人文主義這個虛構故事促成的產物。

對於人文主義的批判和解構，可能是哈拉瑞的思想中最具爭議性的部分。西方大部分讀者，都奉自由、民主和人權為圭臬，要告訴他們這些並不是永恆實存的價值，而只是特定時勢下的虛構故事，相信很多人也難以接受。不過，哈拉瑞不愧是個語言天才。他有本事用他的生花妙筆，推銷這些離經叛道的

觀點，令它們讀起來饒富趣味，啟發思考，但卻不會對讀者構成冒犯。

為什麼哈拉瑞要揭破虛構故事（包括人文主義）的假象？肯定不是為了合理化沒有信念的、might is right 的強權，但也不是單純出於懷疑主義或虛無主義。我認為那是出自禪學的空無自性和因緣和合的思想。修練內觀冥想的哈拉瑞，不能算是佛教徒，但他對佛陀和佛教心存敬意。他在書中調侃基督教甚至是伊斯蘭教，但從沒有說過一句對佛教不敬的話。廣義地說，他的思想繼承自以佛陀為代表的古印度禪學傳統。把無常、無我、無自性、無實存等觀念用在歷史理解上，得出的就是他所主張的，一切力量都來自虛構故事。只要所有人都相信，這些故事便變得強大無比，但只要人們開始失去信心，它們就會立即崩潰，煙消雲散。宗教、國家、民族、金錢、企業……全都是這麼的一回事。

然而，縱使一切皆虛幻，有一種東西卻是「真實」的，那就是感受或情感。當然這些「真實」也不是絕對的實體，但卻是在每一刻都由有情眾生確切地體驗着的。這些「覺受」就是禪修經驗的主要對象。哈拉瑞是素食者，在著作中也常常強調動物的權利，因為動物和人類一樣，有「真實」的快樂和痛苦的感受。在剖析人類的故事的時候，哈拉瑞猛烈批判人類為了擴張自己的權力，無情地濫殺野生動物，又殘忍地削剝和虐待被他們豢養的食用動物。這流露出禪者對眾生慈悲的心懷。

　　更為呼之欲出的，是當他拆解宗教故事的時候，突然談到「靈性」的問題。他斬釘截鐵地指出，宗教和靈性是不同的，「宗教是一份契約，而靈性卻是一趟旅程。」契約就是對人的行為作出約束和規範，以換取服從和報償。相反，靈性之旅「通常是以神秘的方式，要把人帶向未知的目的地。」靈性牽涉的是對生命的大哉問，即生命的何去何從。「我們對靈性世界完全陌生，但那才是我們真正的家。」要追求靈性，我們必須拒絕既定的契約和規範，向未知的國度出走，所以「對宗教來說，靈性是個危險的威脅。」

　　在《人類大命運》接近尾聲，談到「意識的頻譜」的時候，哈拉瑞再次提到心靈的問題。人文主義的科學觀，把人類的意識限制在某個狹窄的範圍。在未來後人類的世代，新的人類能夠作出突破，拓展自己的意識頻譜，感受到前所未有的感受嗎？從這個未來科學的設想，哈拉瑞把我們帶回禪者的古老智慧。這，才是哈拉瑞的未來學的最大貢獻。

技藝的挑戰

　　吉田修一的《國寶》氣勢很大，題材難度很高。他寫的是一代歌舞伎大師，最後榮登「國寶」之座的立花喜久雄（藝名花井半二郎第三代）的奮鬥故事。為了要寫好這個題材，吉田除了閱讀了大量文獻，觀摩了大量歌舞伎演出，還親身當上舞台雜役「黑衣」，跟隨歌舞伎名演員到處演出。他投入的心力可謂巨大，出來的成果也是與之相稱的。《國寶》的確非常生動逼真地呈現出歌舞伎演員在台前幕後的生活，說服力非比一般。

　　寫實的細節只是基本功夫，更重要的是如何把歌舞伎的豐富內容，融入小說劇情中。主角年輕時演什麼出道，之後在人生的不同時刻做過什麼嘗試，到了最後，壓軸的演出選哪一個劇目，全都經過精心挑選和安排，以呼應故事的發展和人物的內心變化。這是更高一層的功夫。但還有更高的，就是切實的演出當下，對演員和觀眾來說，發生在舞台上的虛構故事所引發的心境，也即是藝術境界。要想像觀眾的體會不是最難，把自己培養成一個戲迷便可以。最難的是化為演員自身。就算有機會以業餘玩票者的身分試學試練，也肯定無法進入大師級演員的心境。那是經過千錘百煉的狀態，必須具有高度想像力才能達至。這方面，我覺得吉田修一是超額完成的。他真能融入主角喜久雄的心境，把站在舞台上的超然狀態淋漓盡致地表達

出來。

作為通俗小說，《國寶》有很多刻意安排的痕迹，例如各種必然出現的戲劇性巧合，或者形象鮮明但略帶刻板的次要人物。這些都是通俗小說的基本套路，實屬常態。對小說主角喜久雄的描寫，是豐滿的、多彩的，其次的俊介則略遜。兩人自少年時代一起成長、學藝和出道，到後來驟生嫌隙而分道，然後成為競爭對手，再而摒棄前嫌攜手合作，最後俊介在事業如日方中之時含恨早逝，整個歷程寫來充滿起落跌宕，構成了小說的主要動力線。這個中心機栝的有效運作，是小說作為小說（而不是故事化的歌舞伎介紹）的成功關鍵。

吉田修一在小說中所表現的對歌舞伎的態度，是全然的欣賞、迷醉，甚至是拜倒的。縱使有着力描寫練習的辛酸，也偶有透露行內的鬥爭、市場的無情和演員的負面心理，總體來說歌舞伎的形象是非常正面的。可以看出作者希望透過小說，對本國傳統藝術致以崇高的敬意。這當然完全沒有問題，甚至是應有之義。如果刻意寫一部小說去揭發或者渲染歌舞伎的陰暗面，或者拿異色題材做文章，除非有很好的理由和很強的根底，否則意圖將會是卑鄙的。但是，以小說去書寫歌舞伎，難道只有表達敬意一途嗎？

我不知道吉田修一心裏的想法。我個人認為，要對歌舞伎或任何高超的技藝表達敬意，最高層次的方法就是發出挑戰。不是以攻擊對方、抹黑對方的方式，而是在技藝上一較高下。

《國寶》當然也可見出吉田修一作為小說家的技藝，已經到了一定的高度。這麼難寫的題材，他克服了，而且成功了。如果他有設定清晰的目標，這個目標大概也達到了。也就是說，寫一部以歌舞伎為題材、向歌舞伎致意的、具文學性的通俗小說；既把歌舞伎的精華帶給普羅讀者，又能以小說的技藝感染讀者、娛樂讀者。這不是已經相得益彰嗎？可是，就算這樣的計劃大舉成功，小說也不過是落於服務（我不會說「利用」）歌舞伎的角色。在小說與歌舞伎之間，並沒有出現真正的較量。兩者的位置是高低有別的。

也許吉田修一是出於謙遜和對傳統的尊重，而沒有出現我上面的想法——以小說挑戰歌舞伎，一較高下。也許我的這個想法是狂妄的。但是，他汲汲於描寫的，是喜久雄如何以一生的努力精進技藝，踏上歌舞伎的頂峰，最後不惜陷入精神失常（或昇華），完全融入歌舞伎的美的世界。那麼，對這種顛峰藝術境界的唯一對稱敬意，就是以對等的技藝和瘋狂去挑戰它。我們也許會以為，這不是通俗小說能夠承受的重量啊！除非是以純文學的形式來做吧。我們自然會想到川端康成、谷崎潤一郎這些前輩，會如何處理這個題材，使出頂尖高手的功夫。但吉田修一似乎想說：「各位看官且慢，我也不過是個小小的說書人而已。我已經盡了我最大的努力，向大家講一個精彩的故事。大家如果聽得還算滿意的話，請打賞幾塊錢吧！」吉田修一還未準備好，又或者他根本就無意，和他筆下的喜久雄平起平坐。在技藝修為和展現上，小說和它所描繪的歌舞伎並不對等。如果我們硬要把它們看成較量，很遺憾的，小說還是輸了

給歌舞伎。

　　我不禁想，是吉田修一還太年輕嗎？五十歲的小說家，還未到出手挑戰歌舞伎大師（不是挑戰歌舞伎題材）的年紀嗎？他是不是太心急？是否應該把這題材再浸淫十年，到六十歲的時候才來寫？還是他的野心不夠大，覺得做到現在這個程度已經心滿意足？說穿了，就是他沒有想成為「國寶」的欲望。他只想當一個成功的而又具文學質素的通俗小說家。我覺得這個目標本身沒有問題。問題不在通俗小說，也不是說只有純文學才能擔此大任。歌舞伎本來也是一種通俗的表演形式，它也非常依賴商業上的操作，追求商業上的成功。不存在沒有人捧場的歌舞伎大師這回事。沒有觀眾，就沒有歌舞伎。那麼，問題在哪裏呢？這就是我一口氣看完這部精彩的小說，心底裏無法解答，也揮之不去的問題。

人心難測

　　直接點說，我對石黑一雄的新作《克拉拉與太陽》感到失望。它是一部軟科幻，也即是說，裏面沒有外星人襲地球、人類文明瀕臨滅亡之類的宏大主題。相反，它的故事極度日常，就只是一對少男少女的成長，和兩個家庭的情感困境，是軟到不能再軟的設想。它既沒有哲學高度，也沒有科學深度。當然，這完全不是問題。誰說科幻不能寫日常生活？這部小說最令人期待的是，它有一個獨特的視點——人工智能機械人 Klara 的角度。

　　克拉拉是稱為 Artificial Friend 的一種先進產品，有着人類的外貌，專門用來陪伴青少年成長。話說在未來，愈來愈多孩子出現社交障礙，能夠密切觀察和滿足孩子的情感需要，解除他們的孤獨感的 AF 應運而生。克拉拉雖然並非最新型號，但卻具有特強的觀察能力和同理心。小說開頭寫的是克拉拉在店舖裏等待買主，細心觀察店內外的世界。石黑一雄展現了高度的代入能力，把人工智能的觀點寫得非常有說服力。

　　如讀者所料，克拉拉終於等到期望中的主人。Josie 是個患有某種奇怪疾病的女孩，長期在家休養和學習，很少接觸其他同齡孩子。母親是個任職公司高層的事業女性，和丈夫已離

婚。克拉拉曾經有一個姊姊，因為患上另一種疾病而早逝。母親無法承受再次失去女兒的打擊，所以對克拉拉的健康極度焦慮。克拉拉有一個小戀人，住在隔鄰的少年 Rick。他也是單親的，因為並非資優生而欠缺入讀好學校的機會，但卻擁有科技天分。克拉拉這個角色的功能，除了陪伴和照顧 Josie，就是作為故事的敘事者。這個設置頗為巧妙，令我們可以考察人工智能對人類情感關係的理解程度可以去到多深。

到了這裏，雖然沒有特別驚天動地的情節，但克拉拉從「非人」的角度，的確展現出一些特別的觀察。在表面的日常性之下，石黑一雄其實暗藏了伏筆，到了中段過後，終於出現了具震撼性的發展。原來母親之所以購買克拉拉，並不只是讓她陪伴 Josie，而是希望她盡量學習和模仿 Josie，以準備有一天 Josie 不幸病亡，便由克拉拉來代替 Josie 活下去。是以母親一直帶 Josie 到城市去畫「人像」，讓科學家 Capaldi 按照她的模樣複製出 Josie 的形體，以待將來把克拉拉的意識載入。得知這個設想之後，克拉拉並不驚訝，反而答應積極為目標作準備。不過，她也同時期望無須實行這個計劃。她心裏醞釀着一個拯救 Josie 的方法，但卻一直不敢宣之於口，因為這方法太匪夷所思了。

Josie 的父親曾向克拉拉發問：「你相信人類的心嗎？很明顯我不是指那個器官。我是詩意地說，人心。你認為有這樣的東西嗎？某種令我們每一個都是獨一無二的東西？」這幾個問題把小說主題完全點明了。回到 Capaldi 的計劃，問題就是：

人工智能能夠理解、模仿，甚至取代人類的「心」嗎？這的確是個大哉問。石黑一雄嘗試用一部小說來問這個問題，立意很好。但是，未知是否這個問題太尖銳、太可怕、太顛覆性，小說家在這裏卻步了。石黑選擇不去實現這個可能性，連用小說想像去做實驗也不願。往下去小說便進入反高潮。那個驚人的實驗完全沒有必要實行，因為Josie的病被奇蹟治癒了！

這個奇蹟就是克拉拉一直懷有的一個信念——太陽是具有強大治療能力的神一般的存在。作為AF，克拉拉需要太陽能以保持運作，但她卻認為，所有人以至於所有生命都一樣需要太陽能。她曾經在店舖櫥窗目睹過太陽如何令一個倒臥在路上很久的乞丐起死回生。自此她對太陽的復生能力深信不疑。這就是她拯救Josie的秘密方法。她在Rick的幫助下，排除萬難去到原野盡頭的倉庫，因為從家的窗子望過去，那裏是太陽每天降落的地點，也即是太陽回家休息的必經之地。克拉拉在那個神聖的場所向太陽禱告，祈求太陽顧念Josie和Rick的真愛，而大發慈悲，救回Josie的性命。第二天，在一片漫天陰霾之中，太陽突然從烏雲間露出，照向房間裏奄奄一息的Josie，而她竟然真的因此完全康復了！天啊！這不是神蹟是什麼？問題是，石黑一雄想說什麼？愛（人心）的偉大感動上天？連人工智能也相信愛？作為高智慧型的機械人，克拉拉似乎更像民智未開的原始人，或者極度天真的小孩。

更大的反高潮在後面。克拉拉苦心求回來的「愛的成全」，原來並無必要。隨着Josie和Rick的成長，兩人分道揚鑣，各

奔前程，融入正常社會，雖然互相仍然心存好意，但已不再相愛。但這並不表示他們當初的愛不是真心的，只是，人心就是這樣，是不斷變化的。最後克拉拉必須接受這個毫無詩意的現實。她能否真正理解，則不得而知。石黑一雄沒有回答自己提出的問題，或者他給了一個過於簡單（如果不算敷衍）的回答。大費周章，結果得來的是一個 common sense 的回答。用中文說，就是老生常談。

《克拉拉與太陽》是一本平易近人的書，略帶哀愁，但也安撫人心。它讓我們人類感到，自己的心的神聖地位，是不會也不應被質疑，被挑戰的。來到深淵面前，石黑不願意冒險，掉頭而去。但他也沒有真正回到神話。在神話面前，他又卻步，再次掉頭。最後，他回到那個最安穩的 common sense 的日常世界。那裏沒有智慧，只有老生常談。對人工智能來說，人類的冷酷謀算很容易理解，激烈愛恨也非不可思議。克拉拉完全沒法理解的，也許就是人類的老生常談吧。這就是人生！這就是人心！原是沒有什麼好問的。

為什麼要讀經典

為什麼要讀經典？

　　在〈為什麼要讀經典〉中，卡爾維諾對於「經典」下的第一個定義是：「那些你經常聽見人說『我正在重讀……』而不是『我正在讀……』的書。」強調「重讀」當然是因為害怕人家以為自己連這麼重要的書也沒有讀過，而不得不撒一點小謊以保尊嚴。這其實並不壞，因為這樣說至少是出於對經典的尊敬。

　　卡爾維諾之所以能這樣說，可能由於他還處身於文化教養比較好的時代。換了在今天，大概沒有多少人會介意「初讀」和「重讀」的分別。我們的第一個定義很可能要改為：「經典是你聽說過名字，但卻從來沒有讀過，也不打算要讀的書。」當然，這還不是最差的情況。我們不希望有一天，人們聽到經典的名字時，會有這樣的反應：「咩嚟架？未聽過喎！」

　　〈為什麼要讀經典〉是我讀過的談經典談得最好的文章。給經典下定義並不是新鮮事，但像卡爾維諾那樣下定義，才是新意的所在。如果我們聽見人說，經典是「傳統文化的瑰寶」、「偉大心靈的結晶」、「人類智慧的遺產」諸如此類，我們一定會打呵欠。這些話說了等於沒說，或者比沒說更差，因為它們令人對經典失去興趣和想像。卡爾維諾從最平庸的假設出發，逐步推演出經典對讀者的意義，最後令人不期然地想拿起一本經

典開始閱讀。

第二個定義是這樣的：「經典是那些留給已經讀過和喜愛它的讀者們寶貴的體驗的書；但對於希望留待更佳的狀態下才閱讀的讀者來說，它們同樣會帶來豐富的體驗。」這一點牽涉到什麼時候讀經典的問題。應該盡早去讀？還是留待人生更成熟之後才讀？卡爾維諾的看法一貫地開放。年輕時讀經典固然好，但也會有經驗和視野的局限，只看到某些切合年輕心態的東西。相反，遲遲未讀經典並不需要感到內疚。說不定在人生的晚期，你才能更深切地體會到當中的精髓。換句話說，在人生的不同階段看，也能帶給你當階段的意義，這樣的作品就是經典。

從上面的定義，自然會延伸到下面三點：一、「經典是每一次重讀也會帶給你如同首次閱讀一樣的發現的書。」二、「經典是就算我們首次閱讀，也會令我們感到好像在重讀從前已經讀過的什麼的書。」三、因此，「經典是永遠也不會窮盡它要向讀者說的話的書。」說到這裏，我們便很容易能夠分出，哪些是只有一時的意義或用處的書，而哪些是具有所謂「永恆的價值」的經典。

堅決拒絕教條主義的卡爾維諾，繼續對經典的定義作出開拓。在所謂「永恆價值」和「普遍意義」之外（這是我的概括，他沒有用過這兩個詞），他又反過來強調「個人意義」。換句話說，就是我們必須建立「自己的經典」。這樣的說法好像自

我矛盾，因為經典必然包含全人類共享的跨時空意義。「一個人的經典」將不成經典。但是，經典對每一個讀者來說，卻是一個個別的經驗歷程。沒有個別的讀者的存在，就沒有經典。兩者之間的互動是很重要的。也可以說，讀者幫助經典發掘它們日新又新的意義。

然後，卡爾維諾又把論點反過來，說：「『你的』經典是你無法保持冷漠，而通過與它的關係或對立，來幫助你自我定義的書。」也即是說，就算是你不喜歡的、不認同的書，也可能是「你的」經典。這一點尤其重要。這說明了個人的口味或取向，並不是斷定一本書的終極準則。我們必須虛心承認，有些我們不喜歡的甚至是反對的書，是具有重要文化價值的經典。更非凡的洞見是，我們往往要通過和這些書的對立或辯論，來釐清自己的取向，確立自己的價值。這種能夠對自己作出強而有力的挑戰的書，就是經典。

卡爾維諾的經典定義總共有十四點，步步推論，環環相扣，充滿啟發性，我就不一一在這裏引述了。他既是個創造力非凡的小說家，又是個思考力驚人的評論家。我個人認為，他是二十世紀下半最富聰明才智的作家。可是，他的作品能不能成為經典，到現在還是言之尚早（雖然他已去世三十五年）。他在文中也談論到，在閱讀經典作品和當代作品之間的平衡。很明顯，時間的距離是判別經典的另一重要因素。

對於創作者來說，目標當然是自己的作品有一天成為經

典，但這絕不是自己可以掌握的事情。如果隨便說挑戰經典，超越經典，那更加是狂妄的心態。但是，反過來因為受到某些經典太深的影響，而變成了自己創新的障礙，也是常有的事情。所以，在欣賞和學習經典的同時，創作者也要懂得和經典保持距離。好像喬伊斯那樣，把希臘史詩納入自己的作品，需要的是強大的自信和駕馭能力。也有因為太愛經典，太沉迷經典，而為經典所困的例子。一些年輕時極富才華的作家，因為中年以後深入鑽研經典，而損害了自身的創造力，再也寫不出好作品，或者只能寫出經典的次等模仿品。

在某些特殊的情況下，經典會變成危險的陷阱。我們以為自己繼承和發揚了某種價值，以為自己復興了某種失落的傳統，但我們可能其實只是自欺欺人。當然，這危險只是關乎少數從事創作的人而已。對廣大讀者而言，除非盲目地把經典當作意識形態宣傳來接收（例如民族主義），否則經典絕不會帶來任何壞處。正如卡爾維諾總結說，撇開任何具體的作用，「讀經典的唯一原因就是，讀經典總比不讀經典好。」

屎尿屁文學

論屎尿屁文學的大宗師,十六世紀法國作家拉伯雷當之無愧。馬奎斯說《唐吉訶德》要在大便的時候看,才看出味道來。以這個標準來說,拉伯雷的《巨人傳》會更適合。如果你在別的場合看,一不小心笑到屁混尿流,那就不好收拾了。不過,作者本人建議讀者一邊喝酒一邊看,正如他說自己是一邊喝酒一邊寫。他聲稱這是一本寫給酒鬼的書。書中人物無酒不歡,無屁不放,所以,氣味是極其混雜而濃烈的。

文學史上最著名的一泡尿,就是巨人高康大撒的。他少年時代去巴黎接受教育,被好奇的群眾包圍,爬到聖母院的塔頂休息,因為一時貪玩,向下面圍觀的人撒了一泡尿,結果淹死了二十六萬四百一十八人(女人和小孩不算在內)。如果高康大生在今天,要撲滅去年的聖母院大火便不費吹灰之力了。

屎尿的生成,來自酒肉。所謂有入才有出也。故事一開場便是大吃大喝的宴會。高康大的母親因為吃得太多牛腸,引起陣痛,屙出了一個大肉球,但細看之下,發現原來是脫肛。接生婆給孕婦下了一道收縮藥,結果嬰兒被往上迫,從母親耳朵掉了出來。高康大一下地,便大聲高叫「喝酒!喝酒!」父親高朗古杰聽到兒子的叫聲,讚歎說:「好大的(嗓門)呢!」

（Que grand tu as）這就是孩子叫做高康大（Gargantua）的來由。後來高康大的兒子出生時，非洲正發生大旱災，他於是把兒子命名為「龐大固埃」（Pantagruel）。Panta 在希臘文中是「所有」的意思，而 gruel 在阿拉伯語中指「口渴」。口渴怎麼辦呢？當然是喝酒了。

在飲食之外，人類的另一欲望是性。性笑話和語言本身一樣古老。一部以逗樂為宗旨的書，怎麼可能沒有性笑話呢？巨人族在性方面其實是十分檢點的，嚴格遵從夫妻之道。這方面的下流事都留給普通人類，特別是教會人士。書裏出現次數最多的一個字是 codpiece，中文譯做「股囊」，或者是類似「遮陰布」的東西。十五、六世紀的歐洲男性褲子，兩條褲管在胯下並不相連，於是便須加一層布以遮掩重要部位，後來發展出各式各樣的裝飾，反而成為了一件雄偉的突出物。拉伯雷在序言裏提到，他還有一本著作叫做 *On the Dignity of Codpieces*，相信只是胡說。環繞着這個有趣的裝置，當然牽出了許多笑話來。

在《巨人傳》第三部（全書共五部），焦點從巨人主角落到僕人巴紐朱（Panurge）身上，一連幾十章都是關於他應否結婚和結婚是否一定會戴綠帽的問題。龐大固埃和一眾臣子為巴紐朱出謀獻策，千方百計協助他解決疑難。占星問卜、擲骰解夢、尋訪智者、拜見巫婆、諮詢醫生、請教律師，耗盡千言萬語，還是無法得到定案。過程中展現出作者拉伯雷旁徵博引、隨手拈來的超凡博學。不論是神學、文學、醫學、法律學、哲學、數學、自然科學，以至於千奇百怪的偏門知識，拉伯雷都

可以如數家珍，羅列堆砌，為的當然是誇張的喜劇效果，和以假亂真、魚目混珠的惡作劇目的。如此洋洋灑灑地處理一個無聊題目，也不可不謂千古奇觀。

除了飲食男女，《巨人傳》也含有非常暴力的內容。約翰修士（不同於被惡毒嘲諷的一般修士，他是個特立獨行的人，後來成為高康大的好友和忠臣）在獨力抵抗修道院的入侵者的一幕，拿着十字架棍杖大開殺戒，很可能是諧仿希臘史詩中的奧德修斯殺戮妻子的追求者們的場面。雖然好像很殘酷，但因為描寫中充斥着人體器官的醫學名詞，而又顯得非常滑稽。

不過，大家別以為拉伯雷筆下的巨人是個荒淫無道、殘暴成性的族類。完全相反，他們是品格高貴、愛好和平、善待子民的統治者。高康大和龐大固埃兩父子，年輕時都曾到巴黎求學，後來都成為學識淵博、情操高尚、心胸廣闊、智勇雙全的完人。（不過他們對於下屬的粗鄙和惡作劇也相當容忍，甚至欣賞。）高康大的父親寬容對待戰敗的敵人，以德報怨，贏得敵國人民的愛戴。三代父子之間以禮相待，互相尊敬，慈孝之情溢於言表，真可謂人倫之極致。這些正面的言行和荒誕不經、粗鄙不文的部分看似格格不入，但其實是異曲同工。作為一本玩笑的書，惡搞的書，《巨人傳》是對當時教會的虛偽和墮落的諷刺和攻擊，但它同時展現出作者的人文主義理想，即如何通過知識、理性、真誠和寬容建立更文明開放的世界。

也許稍為令人困惑的是，對笑與歡樂的肯定，有時會去到

一個無拘無束的程度，以今天的標準來說，可能會構成冒犯。
例如是貶低女性，甚至是厭女的態度。但是，我們可以基於時
代價值的差異而譴責拉伯雷嗎？我們應該對說笑設置限制嗎？
這樣做可能會更合乎公義，但也同時會剝奪了笑的解放功能。
如果連笑也要受到審查（和自我審查），我們豈不是回到了中世
紀，回到了拉伯雷不遺餘力地對抗的世界？

　　試想想，如果拉伯雷生在今天，他會如何寫他的《新巨人
傳》？他會接受任何形式的約束嗎？除了繼續攻擊權威，拉倒
偶像，他會不會承認有任何人可以免於被取笑？我相信，在真
正的拉伯雷精神，或龐大固埃精神下，笑的對象沒有例外，上
帝沒有，螻蟻也沒有。今天的拉伯雷，比五百年前的拉伯雷，
應該更沒有顧忌。願光榮歸於屎尿屁。

隔離好讀書

據英國《衛報》報道，因為家居自我隔離的措施，在三月中的一個星期內，全國書籍銷量大幅上升。升幅最大的是居家學習類，達百分之二百，小說類則上升百分之三十五，其中文學名著銷量亦見顯著增加。似乎不少人打算趁這個突如其來的人生空隙，嘗試攻克一些「應讀而未讀的」經典，例如《戰爭與和平》或者《追憶似水年華》。相反，實用類書籍的銷售下降，意味着在疫症流行的當前，大家都選擇躲進虛構世界。

很難說這是一則好消息。如果要以一場疫症為代價，來換取人們對文學的興趣，我情願文學永遠乏人問津。不過，疫症與文學的關係，特別是與虛構小說的關係，卻是源遠流長的，甚至是根深柢固的。每當疫症來臨，日常生活停擺，人們互相隔絕，甚至生命朝不保夕，人類對故事的渴求便會自然流露出來。這是非常值得探究的現象，因為當中顯示出故事對人類的特殊作用。原因不但是逃離現實的欲望，更不是純粹打發時間，而是在故事中我們感受到生命存活的力量。創造故事就是創造生命，閱讀故事就是經歷生命，縱使這些故事是悲慘的、可怕的，或者是可笑的。

我不知道在英國或者歐洲，會不會有更多人在這期間閱

讀薄伽丘的《十日談》。特別是在疫情最為嚴峻的意大利，人們還有沒有心情去重新領略他們的十四世紀先人的黑色幽默。《十日談》明明是一部疫症小說，照理應該最適合在目下的時勢重溫。在小說的開頭，薄伽丘仔細地描述了一三四八年受到黑死病打擊的佛羅倫斯的慘況。據說這場疫症奪去了這個名城三分之一人口的性命，而以當時的醫療和衛生水平，人們面對疫情根本是束手無策，坐以待斃，一切就只能交給命運之神（Fortune）決定。

《十日談》最奇妙也最不可思議的是，除了在頭幾頁描寫疫症，它的主體其實是嬉戲玩笑。被稱為「快樂群組」的十個佛羅倫斯貴族青年（七女三男），在疫情水深火熱之際，結伴離開飽受病毒蹂躪的市區，到位於郊外的莊園留宿（前後三處）。這些莊園華麗無比，光潔無瑕，景色優美，草木青蔥，鳥語花香，完全是人間仙境。在這樣的世外桃源中，這群無憂的青年在飲飽食足、唱歌跳舞之餘，約定每天午睡之後在園中集合，按特定的主題輪流講故事。如是者每天十個故事，十天共一百個故事，便組成了《十日談》的故事大集會的內容。

據作者薄伽丘在序言中所說，他寫作這本書的目的，是希望幫助深陷於戀愛苦惱中的女性讀者，紓解心中的鬱結，彷彿這些故事具有開解和說教作用。的而且確，《十日談》的最重要主題是愛情，但薄伽丘的所謂「愛情」必然包含性愛。沒有性愛的就不算是真愛。他把這視為人的自然本性的一部分，無須加以壓抑，相反應該給予鼓勵。當然這些性愛故事亦包括許多

胡來甚至色情的成分，但那些講故事的青年們，行為卻又是那麼的正派和莊重，跟他們口中所講的故事似是完全不同的兩個世界。（讀者對於這七女三男朝夕相對不要有什麼遐想，他們都相敬如賓，守禮自重，絕無越軌的行為。）

除了愛情和性，這些故事的另一個特點是幽默和搞笑。在全城哀悼的時刻，這幫「快樂群組」卻每天在說笑話互相逗樂，表面看來好像有點過分。姑勿論這是不是事實，作為小說的設置，這種比苦中作樂有以過之的行為，在中世紀歐洲的標準來說似乎全無問題。假若我今天在疫情中無視他人的痛苦，還寫些嘻嘻哈哈的東西，以避疫為標榜出版，很可能會招來「麻木不仁」的口誅筆伐。「笑」是西方古老文化中的重要元素，可以不理一切正經、嚴肅、悲情的考慮。

從今天的角度，這種「笑」可以非常政治不正確。薄伽丘雖然口口聲聲為女性讀者而寫，但他的故事處處流露出歧視女性，甚至是厭惡女性（misogynist）的痕迹。《十日談》的反女性主義已有很多人指出。在薄伽丘筆下，女性雖然是備受戀愛和追求的對象，但在智慧和能力方面依然低男性一等，而性情之軟弱和善變，或者是拒絕男性追求的冷酷，亦是常常受到詬病的地方。在一些故事中，女性甚至淪為男性的泄欲工具。在Lady-love的美麗形象之下，女性似乎只是滿足男性欲望的對象而已。

不過事情並不是這麼簡單的。倒過來說，《十日談》主張

的性解放也可以說是十分前衛。它反對教會虛偽而壓抑自然本性的教條，把自由地享受性愛視為女性應有的權利。有些故事甚至描寫女主角大膽追求欲望，理直氣壯地和保守的譴責者爭辯。在這些情況下，薄伽丘又成為了女性解放的先鋒。在其中一個故事裏，一個女子在前往婚嫁的航程中被擄走，輾轉經過九個男人的挾持，最後奇迹地回到故鄉，竟然還能扮作處女再嫁。對於這段一女事九夫的經歷，作者不但不覺悲慘，反而視之為值得其他女性羨慕的事情。在性愛關係的情境上說，《十日談》無疑是十分開放多元的。

也許贊同或者批判《十日談》的觀點都是捉錯用神的。時代所造成的價值差異是必然現象。人類對故事的渴求，以及好笑的故事所帶來的寬慰，才是《十日談》留給我們的永恆禮物。願我們在危難中保持高貴的品格，但也不避嫌低俗的題材，勇敢面對命運之神的播弄，在笑與淚中生存下去。

睡魔抗戰記

　　我常常說，普魯斯特的《追憶似水年華》是對治失眠的佳品。任何捱得過三頁而眼皮不自動合上的，定必是精神絕佳之人。（已經喜歡上普魯斯特的作別論。）所以我建議大家至少買一本第一冊看門口，以備不時之需。如果閣下不幸身陷牢獄或者流落荒島，那就最好買齊全套，至少足夠你打發好幾年的時光。

　　第一次讀普魯斯特是在大學比較文學系選修歐洲小說的時候，課上讀的是《追憶似水年華》的第一部分「貢布雷」（Combray）。第一句說一個人迷迷糊糊地睡去，寫了十幾頁也未寫到他醒來。一個句子就是一段，一段就是一頁，綿延不斷的，很容易便迷失方向，要回到起點重頭再讀。那時候真是開了眼界，心想：天啊！小說原來可以這樣寫！不過，要把整本小說讀完，必得有非凡的決心和耐力。結果我想出了一個破釜沉舟的方法——以它為碩士研究題目。

　　認真地把《追憶似水年華》從頭到尾讀一遍，花了足足一年時間。老實說，幾乎每一次讀都會睡着，醒來重新再讀，過不了幾頁又睡着，然後又回頭重讀。如此這般進兩步退一步，成了一種特殊的生命節奏。當然，如果過了一百頁還只是

捱苦而沒有享受，那便表示普魯斯特不是你那杯茶，最好還是放下，不要浪費時間。或者留待自己生命再成熟一點，累積多一點無可挽回的遺憾，陷入生無可戀的境地，才來重讀普魯斯特，也許除了共鳴之外，還會意外地得到起死回生的妙效。

就算你能享受到這部小說的好處，也不代表你不會睡着，只是睡着了也不會覺得內疚；不代表作者寫得不好，或者自己讀不來，只是明白到，讀到睡覺只是最自然不過的反應。（書的開頭不就是寫這樣的事嗎？）睡着是讀普魯斯特的經驗的必要成分，應該開懷接受。讀完整本書，也睡了很多覺，做了很多夢，那就是最切實的呼應，最圓滿的體驗。此刻你會恍然發現，自己人生中的一段寶貴時光，也隨之而逝去了，只待成為追憶了。那不但最為貼題，簡直就是行為藝術了。《追憶似水年華》的魔力，在於這本書會實實在在地耗費你一部分的人生，讓你切身地感受到歲月流逝的唏噓，並產生尋回失去的時光的衝動。如此這般達至人書合一。

那麼，這本書其實有什麼好看呢？那倒不是三言兩語可以說清楚的。要講出《追憶似水年華》的好處，必須寫出另一本《追憶似水年華》，因為它實在是頁頁精彩，句句令人回味無窮。就只說開頭那幾頁，足以讓你來回反覆地品嘗千百次而不膩。語感的豐厚，節奏的靈動，思考的精妙，情感的纖細，教人每每忍不住點頭拍案，頻呼「對啊！對啊！真的是這樣呀！」那是一種近乎真理的效果。你會感到有人給你揭開了人生的秘密的快慰。普魯斯特對於人的心理和行為的觀察極為犀

利，對於自我的幽深和曲折的體會也極為透徹。他的小說既是呈現的，也是析解的。前者見諸鮮活生動的描寫，後者見諸精闢獨到的論述。情感與哲思融為一體，物象與心境共冶一爐。而且，跟我在開頭所說的相反，時時有生花的妙筆，令人忍不住大笑出來。普魯斯特除了是憂鬱王子，也同時是喜劇天才。

普魯斯特的最早英譯本，是 Scott Moncrieff 的經典版本（三冊版）。有評論者認為，此譯本的語言過於花巧，色彩和味道都過於濃重，有喧賓奪主之嫌。英文書名 *Remembrance of Things Past* 失去了原文 *A la recherche du temps perdu* 的豐富暗示。原題的中文直譯是「尋找失去的時間」，其中「recherche」一詞既指「search」，也指「research」，帶有「研究探索」的意思。中譯書名《追憶似水年華》文藝腔也有點過重，但總比原來的英譯好。不過，Moncrieff 版本自身的高度語言藝術性，也是眾所公認的。（有人曾經指出，有些片段的效果甚至比原文更佳！）把普魯斯特譯介到英語世界，也是一項極大的功勞。所以，無論這個譯本有多少缺點和不足，它作為英語讀者認識普魯斯特的標準，是個不能抹殺的事實。我讀碩士的時候看的版本，是八十年代由 Terence Kilmartin 按 Moncrieff 譯文重新修訂的版本。據說 Kilmartin 當時曾經想把書名改正，但遭到出版社否決，因為 *Remembrance of Thing Past* 實在太深入民心了。

二千年開初，試圖「還原」真正的普魯斯特的版本終於出現了。企鵝叢書推出了按照法文原文分冊方式的六冊本，總題為 *In Search of Lost Time*，所有單冊的副題也經過重新考訂。

這次採取了團隊合作的方法，由六位譯者每人負責一冊。（要知道獨力全譯是足以花掉一生的可怕任務。）我正在讀由 Lydia Davis 翻譯的第一冊「The Way of Swann's」，無法評價其他冊數的翻譯成果。譯者說她的目的是盡量貼近原文的遣詞造句，採用接近字面的平實方式譯出。

我試着拿新舊英文版，和法文版的開頭兩頁作比較，發現新版真的幾乎是原文的逐字對譯，不作不必要的增刪和調動。它的確做到「忠於原著」這一點，但可能是先入為主的關係，我覺得新版好像沒有舊版那麼有「靈氣」，有些地方有「機械」的感覺。可惜我的法文只有最基本的程度，沒法判斷真正的普魯斯特行文的語感。我必須承認，我所知道的普魯斯特，是 Scott Moncrieff 和 Terence Kilmartin 的英文普魯斯特。至於中譯本，雖然分大陸版和台灣版，但譯者其實是一樣的，可讀性亦相當高。

我今天讀普魯斯特，已經不會睡着了。我也不知道這是幸還是不幸。

藝術是什麼？

　　早前談過，卡爾維諾認為有些經典作品，縱使你不同意它，卻不得不認真對待它，不斷與它對話，以建立自己的觀點。托爾斯泰的《藝術是什麼》，應該也是這樣的一本書。這本小書本身也許算不上是經典，但出自一位寫出《戰爭與和平》和《安娜卡列尼娜》等經典小說的作家，分量和重要性不容置疑。

　　讀過托爾斯泰中年時期的名著，再讀他晚年寫的《藝術是什麼》，肯定會大吃一驚，甚至會懷疑不是同一個人的手筆。根據他晚年的藝術觀，《戰爭與和平》和《安娜卡列尼娜》應該也會列入「壞藝術」或者「不是藝術」的分類吧。不過，細想之下，其實托老一開始便是一個懷疑主義者，對於主流思想從不輕信，凡事都要尋根究柢。一八七〇年代中期，他經歷了思想的巨變，脫離大城市的文化圈，回歸鄉間的莊園，從事解放農奴和農民教育的工作。他反對國家、教會、上層階級和文化菁英的權威，主張回歸俄羅斯農民的樸實心靈，去除一切迷信，直接追隨耶穌的榜樣。托老吸引了一批信徒，儼然成為聖人。他晚年的寫作重點移向非虛構的論述，大肆撻伐各種邪惡的思想，宣傳新的宗教精神。《藝術是什麼》就是在這期間寫成的論著。

　　《藝術是什麼》一開首就總結了當代的美學，也即是從文藝復興以降、以美為至高無上的價值的藝術觀。托爾斯泰以銳利的筆觸，揭穿這種美的神話背後的空洞和荒謬——以艱澀的形式掩飾無聊甚至是邪惡的內容，卻扮作高深莫測，騙取上層階級的擁護和愛戴。托爾斯泰列出的壞藝術名單令人震驚，裏面包括了幾乎所有近代著名作家、音樂家、畫家，好像歌德、波特萊爾、左拉、（俄國同胞）普希金、貝多芬、華格納、史特勞斯等等。這種菁英主義藝術具有四大特色：借取、模仿、只求效果和歧出。也即是說，這些都是脫離生活現實的、從既有的藝術再生產出藝術來的淺薄東西，是只屬於一小撮人以及維護這一小撮人的特權的玩意。而為了這種對普遍世人毫無益處的玩意，社會投入了不成比例的資源和人力，而創作者也得到了不成比例的榮譽和財富。托氏認為這不但不可思議，簡直就是不道德的。這些都不是真正的藝術，而是藝術的膺品。

　　托爾斯泰對華格納尤其憎惡，用了一整章來批判和嘲弄他的著名歌劇《尼伯龍根的指環》是何等的造作、無聊、虛偽和敗德。他敘述了一次被朋友慫恿去觀賞《尼伯龍根的指環》的痛苦經驗。他忍耐了兩幕，終於認定那是垃圾，憤然中途離場。他為讀者們總結了這齣神劇的故事大綱。去除了一切音樂和劇場上迷惑人的技法，整個故事的堆砌與無聊便完全暴露出來。以重述故事大綱來突出作品構思的滑稽可笑，是托老的絕技。經他這麼一說，你很難不被他動搖，覺得那樣的故事也編得出來真是離譜。當然，不只故事，華格納缺乏完整旋律的音樂技法也令托老難以忍受。

免於托老的攻擊，甚至是獲得他的青睞的，只是少數，例如雨果、狄更斯、杜斯妥也夫斯基等。（音樂上他只認可某些音樂家如莫札特、蕭邦等的個別作品，或作品中的個別片段。）這些作家的共通點，是能夠以普通人關心的題材，以普通人能理解的手法，得到普通人的廣泛共鳴。更確切地說，他們都表現了當代的「宗教意識」。所謂「宗教意識」和制度上的教會沒有關係，甚至與之對立，也不一定表現狹義的宗教信仰。廣義地說，他指的是「具有宗教意味的道德意識」。真正的藝術品，必須具有情感的感染力，即是作者把自己親身經驗的真實情感，通過作品傳達給讀者。也因此，藝術是一種交流、溝通和連結。真正的藝術令人們互相融合、團結一致，虛假的藝術則互相排斥、令人們分裂。真正的藝術作品的善，和托爾斯泰所相信的人類的手足友愛是一致的。這就是所謂的「宗教意識」。

要達至這種善的感染有三個條件：一、要傳達的感情愈獨特愈具體愈好；二、傳達感情的方法要清晰易明；三、要真誠。最後一點至為重要。因此，他認為一個沒有受過教育的農民所唱的民歌，比貝多芬晚期艱澀繁複的作品更有藝術價值，更值得我們去欣賞和學習。當代藝術家的專業地位、藝術評論和藝術教育所受到的重視，對社會有害無益，既浪費時間和金錢，也誤導了下一代。他主張藝術家應該是一個勞動者，和現實生活有密切接觸，創作藝術不是為了物質報酬，而是為了情感表達的需要。

　　讀托爾斯泰的論述是一個奇妙的經驗。你會不斷地在同意他和反對他之間反覆。當你此刻覺得他在胡說八道，下一刻又會覺得他不無道理。當你認同他某些深刻的見解，一轉眼又會被他過於極端的觀點所激怒。他一時像個瘋子，一時又像個智者。你想同情被他罵的人，但又覺得他們罪有應得。就算你完全不接受他的觀點，你也不能不承認他擁有強大的拆解能力，能夠把很多習以為常的想法摧毀。我很懷疑有多少人會把《藝術是什麼》奉為聖經，或者能不偏不倚地奉行它的教誨，但是我依然認為，一個愛好藝術的人，無論是創作者或者欣賞者，應該好好去讀一讀這本書，並且嘗試跟它辯論。這不是一場比賽。最終不存在你贏了托爾斯泰，還是托爾斯泰贏了你。但你肯定會比在讀它之前，對藝術是什麼有更深刻的思考。

文學放得開

　　在氣氛沉重的日子，不妨看一些好笑的書。今次推介的《文青的第一堂日本文學課》，對於不那麼放得開的文學愛好者，可能會感到不以為然──速食、綽頭、胡鬧、有失大體、褻瀆神明。書市上的確充斥着很多以漫畫或圖解方式介紹嚴肅題材的書籍，看起來相當庸俗和低智。追求真正知識的人寥寥可數，懶人包出版物應運而生。這確實是令人憂慮的。但是，如果做得有創意、有個性、有趣味，我覺得這種書不但無妨，甚至值得鼓勵。

　　儘管日本人有很多生活壓抑和規條，但他們也可以做出很冒犯權威的事情。這本書介紹的日本文學家可謂粒粒巨星──夏目漱石、樋口一葉、森鷗外、志賀直哉、宮澤賢治、芥川龍之介、太宰治、谷崎潤一郎、川端康成、三島由紀夫等十幾位──但全都採用了近乎惡搞的方式表達。當然，所謂「惡搞」並不是指惡意的污衊，但也肯定是抓住作家們某些怪癖或病態大造文章。不過，話說回來，沒有怪癖或病態，就不會是大文學家了。這在日本文學尤其如此。如果一本正經地講述，反而有違日本文學精神。所以，這部漫畫擺明是反教科書的。

　　漫畫的基本設定，是一個「初學者文藝社」的課堂，而

講者是代表漫畫家本人的一個狀似 Q 太郎的人物「番子」。陪同番子出場的，先是副社長，後來換上了一位造型搞笑、身穿「1Q84」T 恤的女性責任編輯。（很可能是拿現實中的編輯作原型。）每章都由這兩個人物開場，代表講解員和文學初學者。然後，她們會穿插於故事中，有時扮演其中角色，有時在旁插科打諢。漫畫作者久世番子坦言，自己不但不是文學專家，很多作品也只是在學生課本上讀過，或者看過影視改編。每一期（它本來是在《別冊文藝春秋》上連載的漫畫）交稿之前，才臨急抱佛腳啃讀作家的名著，解讀深度自然是有限的。但是，它的好處是不受限於正統的成見，完全由一個讀者的體驗出發，反而發掘出文學專家所沒有留意的趣味。漫畫家會指出，原來夏目漱石《少爺》的原作，跟許多廣為人知的改編是完全不同的，並沒有那些經過浪漫化或通俗化的情節，讀起來更加反叛。石川啄木的人生，不是像教科書中選的詩歌那樣清純，而是充滿着借錢不還和與女人鬼混的日常。宮澤賢治的童話化地名背後，其實隱藏着許多殘酷的現實，只要把異國情調的地名換回真實的日本地名，立即變得難以忍受的陰暗。有很多東西都是教科書不會告訴我們的。

當中有些最好笑的篇章，並不直接關於作品，而是關於作家的個人特質的。例如把詩人中原中也的眼睛的黑白比例，弄出一篇視覺上極為爆笑的漫畫。話說中原本來是眼白很多眼珠很小的，但他的招牌照片中的眼珠卻很大。於是便出現了中原在不同情境下眼珠比例忽大忽小的故事。說到太宰治，不談他生前，卻拿他死後每年在他的墓地舉辦的櫻桃會來開玩笑，描

繪歷屆出現過什麼樣的古怪參加者，在會上爭相作出各種出位的發言。（當然不乏聲稱曾經自殺和將會自殺的書迷。）談到志賀直哉，就大玩他的「小說之神」的稱號，為他的小說加添結局，創造出「小說之神之神」。談到三島由紀夫，自然不免把焦點集中在他的同性戀、健身拍裸照和切腹了。（題目是更為重口味的〈老師的內褲〉。）

不過，「推介」也不盡只是嬉鬧的。作者其實相當敏銳地抓住每個作家的其中一個特質，雖然難免以偏概全，但也可以說是擊中要害。有幾個觀察我覺得十分有趣。談森鷗外的成名作《舞姬》的時候，漫畫家以故作無知的態度，對男主角的設計提出疑問，把小說解讀為「讓沒有主角特質的人當主角所造成的悲劇」，頗有童言無忌的效果。談到芥川小說的時候，注意到當中經常用上省略號（……），而且愈近作者晚期愈多。把這理解為「莫名的不安」的表示，對芥川的自殺不失黑色幽默。談川端的一篇，以《雪國》開首一句末尾用的一個耐人尋味的「＊」（註釋）符號，去概括川端美學的「美麗的日本的＊」。而整篇漫畫都出現一個巨型的擬人化的「＊」，像人物一樣伴隨着故事的發展。最切中要害的，是羅列了谷崎潤一郎《細雪》中，女主角們（三姐妹）所患的大小疾病，作為她們貴婦人式的優雅生活的說明。（「這故事的醫藥費好高喔！雖說就是這點突顯出貴婦的生活啦！」）當中谷崎特別偏好讓他筆下的漂亮女人拉肚子和下痢，真可謂「瘋癲老人」的極致。

你問我看完這本書對日本文學加深了什麼認識，我會說其

實沒有多少。它甚至不是給初學者看的。因為如果對日本作家沒有粗略認識，便會錯過許多笑位，或者會覺得日本文學真是不知所謂。此書在日本，應是給已經通過教科書或其他媒體接觸過日本文學，但又依然一知半解，或者被灌輸了枯燥的刻板印象的人，令他們打破舊有的框框，以一種沒有禁忌和束縛的態度，重新認識本來就沒有禁忌和束縛的日本文學。它也讓我們見識到，對待文學作品不必一味崇拜，也可以取笑、嘲諷和挑機，但卻依然不失尊重、欣賞和熱愛。說到底就是一種敢於和樂於自嘲的氣度。這在華文世界，還遠遠未能做到。

哪本經典最好笑？

　　很少人會覺得經典文學作品好笑。大家對經典的印象，都是嚴肅到必須正襟危坐加以拜讀的，又或者是放在書架上裝點而不用再讀的東西。無論讀與不讀，稱得上是經典的，就是已經上了神壇的巨著。在神壇面前，豈容無禮發笑？

　　事實上，在西方文學中，笑的作品源遠流長。後世再讀之所以唔好笑，大概有兩個原因。一是語言問題。很多經典（例如古希臘文或拉丁文）都必須翻譯成現代語言，譯者通常對經典採取過分恭敬的態度，覺得必定要使用莊嚴和古雅的語言。結果當然是完全變味。通過英譯或中譯才能讀到的西方經典，也有相似的情形。就算是本國語言的讀者，因為時間的差異，對古語的語感把握也會有所不足，導致本來好笑的說法，變得陌生而失去趣味。

　　二是文化問題。笑是一種極度依賴文化薰染的反應。接觸他國文化或者古代作品，因為缺少了共同的文化氛圍，自然很難感應笑位和笑意。這是如何惡補語言也無法完全克服的障礙。一時一地好笑的事情，換了他時他地，不但可能不好笑，甚至會變質成完全不同的東西。相反，悲傷似乎比歡笑更能超越時空和地域。為什麼會這樣，有待文化和心理學者來研究。

西方笑文學，最早當然是希臘喜劇。據說亞里士多德的《詩學》除了論悲劇，也有論喜劇的部分，不過已經散佚。現存的喜劇劇本，主要是阿里斯托芬的作品，數量和完整性遠遠不及同時期的悲劇。在雅典每年舉行的一連數天的戲劇節中，主角是悲劇，喜劇只有陪襯的位置。希臘喜劇的題材很「貼地」，當中充滿時事批評和諷刺，政治家和哲學家（好像蘇格拉底）都是惡搞的對象。從脈絡抽離出來，今天看的確是很難感到共鳴的。不過，希臘喜劇的位置和作用始終極為重要，是西方笑文化傳統的源頭。

公元二世紀的拉丁文作品，阿普留斯的《變形記》（或《金驢記》）是笑文學的另一個里程碑。這部最早的第一人稱小說，講述的是一個男人不幸變成了一頭驢的故事。變驢後的悲慘經歷非常誇張胡鬧，能超越語言的隔閡，就構思和想像本身引人發笑。這在令人覺得嚴肅無比的拉丁文中，也是少有的逗趣耍樂的作品。

到了中世紀以後，拉丁文漸漸變成僵化的文字，除了用在學術上，創作能量似乎已逐步減弱。（十五世紀的湯馬士·摩爾用生動的拉丁文寫出《烏托邦》，是少數特例。）也是這個原因，促使但丁放棄拉丁文，改用意大利方言創作《神曲》。（雖然他崇拜的大師是拉丁文著名史詩《伊尼亞斯紀》的作者維吉爾。）《神曲》的原題是「Comedia」，即是「喜劇」，那個「Divina」是後來由薄伽丘（Boccaccio）加上去的。如果我說《神曲》好笑，相信很多古典學家會殺死我。那麼正兒八經的故

事，那麼神聖莊嚴的救贖歷程，怎麼可能以輕率的態度對待？不過，我覺得但丁把長詩叫做《喜劇》，肯定不只因為最後是「大團圓」結局。這個問題，也許我另文再談。相反，為但丁的「喜劇」加上「神」字的薄伽丘，他自己的故事集《十日談》卻擺明車馬充滿鬧笑荒唐的內容。

在意大利之外，法國當然也不甘後人，擁有自己的笑文學經典巨著——拉伯雷的《巨人傳》。我覺得《巨人傳》的想像力的確是令人拍案叫絕的，大膽失禮、冒犯權威的程度也無人能及。高康大向巴黎聖母院撒尿，淹死了數以千萬計的人；巨人的口腔大到可以容納山巒、平原和村莊，都是極瘋狂的想像。不過，書中用上了大量當時地道的語彙，以及作者利用希臘文自創的新詞，連法國人也未必能看懂，翻譯的難度也就更高，能原汁原味地呈現的笑感必定大打折扣。有些長篇大論的地方，似乎也不太合現代口味，難免會有點枯燥。

我個人覺得最好笑的西方文學名著，是西班牙人塞萬提斯的《唐吉訶德》。很多人聽說《唐吉訶德》是一本搞笑的書，又是經典作品，拿來一讀卻感到「中伏」，發現悶到出汁。有這種經驗的包括魔幻寫實主義大師馬奎斯。他在回憶錄中說，大學的時候被《唐吉訶德》的名氣所騙，感到不是味兒。後來一個朋友告訴他，這本書要放在廁所裏，留待大便的時候看。馬奎斯照做，結果笑到肚痛。讀《唐吉訶德》之前必須排除一個廣為流傳的謬誤，以為主角是個「追尋不可能的夢想的英雄」。事實上，唐吉訶德只是個看騎士文學看到上腦、由始至終都被人

整蠱，又同時自己整蠱自己的糟老頭。

　　要讀出《唐吉訶德》的好笑，千萬別看簡化版。此書的笑點除了在於人物和事件設計，更在於語言和人物的對答。一經轉述，笑意就所餘無幾。讀全譯本也要小心挑選。我未讀過中譯本，不知哪本較好。英譯本應以新譯較佳，因為新譯通常都會使用今天的英語去傳達原文日常生動的氣息。舊譯本多數用語優雅，或故作古風，反而失真。塞萬提斯是寫給十七世紀的同代人看的，用的是當時的通俗語言。這一點是無法還原的，只能用今天的通俗語言去模擬那種效果。

　　至於自詡幽默機智大國的英國，笑文學當然也非常豐富，因為篇幅所限，在此不能列舉。與歐洲相比，中國的笑文學看來便比較薄弱。究竟是因為儒家文化的影響，還是什麼其他因素使然，我不敢論斷。

《神曲》真的是喜劇?

　　但丁的《神曲》原名是「Comedia」,即是「喜劇」的意思,後人冠上「Divina」一詞,變成了《神聖的喜劇》。不過,中文沒有人照樣直譯,還是一律譯做《神曲》。說《神曲》其實是喜劇,很少人會認同。就算只是讀過第一部〈地獄篇〉,見識過那些挑戰想像極限的酷刑,大概也不會笑得出來。

　　也有一個說法,指《神曲》的結構是大團圓結局,也即是但丁終於重遇舊日所愛貝緹麗彩(Beatrice 的中譯名是無論如何也不能令人滿意的),並在她的帶領下遊歷天堂,見證神的國度至為完美的境界。這就是「喜劇」之所在。雖然大團圓結局是喜劇的必要元素,但不能反過來說,有大團圓結局的都是喜劇吧。我自己就不太接受這個解釋。

　　作為《神曲》的普通讀者,我想提出一點對於它的喜劇性的愚見。當時的正統書寫語言是拉丁文,但丁亦極崇拜羅馬時期拉丁文詩人維吉爾(甚至用上了維吉爾作為《神曲》前兩篇中嚮導的角色),但是他卻極力主張應該用方言創作。這個主張在當時是相當「貼地」的。他所用的書寫語言,以托斯卡尼方言為基礎,再雜以其他方言和拉丁文。可以想像,相較於嚴肅的拉丁文,這種取材自民間的語言讀起來應該會更加生動,甚

至有一點點「粗鄙」的感覺。我們當然不必對但丁的詩學修養和藝術造詣有所懷疑，但那種與一本正經的拉丁文相對的「粗鄙」，可能就是《神曲》的「喜劇感」所在。

當然這只是我的大膽猜想。就算是意大利人本身，也未必能判斷七百多年前但丁的語言是否帶有「笑意」吧。語感這種東西極受時間和地域限制，這一點我之前已經談過了。對我們來說，完全可以想像用廣東話寫詩那種「生鬼」的效果，與但丁的「意大利文」可能有相似的地方。不過，這個無法驗證的觀點，最終也只是「齋噏」而已。

《神曲》的翻譯亦往往因為沒有考慮到它的喜劇元素，而變得枯燥乏味。出於對但丁的崇拜和敬畏，不少譯者覺得必須用上古雅莊重的語言，甚至把它譯成像屈原《離騷》的風格，我認為是完全捉錯用神的。新近的英譯者似乎都意識到必須傳達原著語感的「當代性」，選擇用較親近今天讀者的語言。我覺得企鵝叢書 Mark Musa 的英譯本讀起來感覺是不錯的。如果想對《神曲》有更深入的理解，Princeton University Press 有一套由但丁學者 Charles Singleton 翻譯和註解的英意對照版。就算不懂意大利文，照着拼音朗讀出來，也可以感受到原文韻律的美妙。通過詳細註解和評析，我們可以知道《神曲》背後的藝術、哲學和神學涵義是如何的博大精深。當然，知性探索過多，趣味性便難免有所減損。讀者可以作出個人取捨。唯一必須告誡大家的是，千萬千萬不要讀簡化版。那完全是魚翅和粉絲的分別。（雖然我是反對吃魚翅的。）

除了語言的喜劇感之外，我們試試從《神曲》的內容來判斷一下，它是不是一部引人發笑的作品。雖然說但丁的地獄裏有很多極為恐怖的景象，但換了一種心情看，其實也是挺有喜劇效果的。在地獄入口處那群跟着橫額跑來跑去的騎牆派（或所謂的中立人士）、像萬聖節鬼屋裝置似的從墳墓裏彈起來的政治人物、變成樹而被折斷枝條便嗚嗚喊痛的自殺者，甚至是半身插在地獄底部的冰塊裏的巨型撒旦（頗有拉伯雷《巨人傳》的風格），統統都帶有一種滑稽感。就算是在天堂，化為星光一樣的聖者在太空中飛來飛去，組成不同形狀的聖像，感覺也真是太迪士尼了。我常常想像，把《神曲》繪製成宮崎駿式的動畫，裏面的神魔鬼怪立即會變得活潑可愛。

　　我又想像過，《神曲》可以開發成一種電玩。它的故事本身已經具備電玩式的過關結構——第一關「地獄」、第二關「煉獄」、第三關「天堂」。誰能最終成功抵達「天堂玫瑰」環形廣場（座次以分數計算）就是勝者。在地景上，它的電玩元素也非常豐富——先往地獄深谷螺旋形下降，穿過以撒旦的肚臍為中心點的地心（這真是好笑啊！），再環繞煉獄之山螺旋形向上爬，然後經過伊甸園進入天堂，繼續向上飛升。景觀之壯麗奇特，肯定令玩家目不暇給；動作挑戰之多樣化（爬、跑、跳、鑽、游水、飛行、坐船、乘龍等），亦考驗玩家的技術。當然也會有許多智取的環節。另外，各種天使惡魔神獸妖怪的造型，完全是今天的神怪電影的鼻祖。最後是必不可少的大美女角色Beatrice，不過因為她是聖潔的象徵，造型不宜過於性感。（要

性感女人造型，可以考慮地獄裏因姦淫罪受罰的弗朗西斯卡。）
我可以保證，《神曲》game 肯定可以成為電玩史上最強的文學
經典遊戲。

　　我相信世界上一定已經有人從喜劇的方向演繹過《神曲》，
只是我孤陋寡聞未曾得見而已。我完全沒有對經典不敬之意，
也不是主張大家來惡搞《神曲》。相反，我希望見到有人能「還
原」《神曲》的笑意，令它「回復」為一齣名副其實的「喜
劇」。也許，我新一年的願望應該是，以看喜劇的心態，重頭再
讀這部驚世巨著。

《莊子》是笑話集？

中國經典裏面最好笑的書，肯定是《莊子》莫屬。這是兩千多年來也沒有人超越過的。而且還要是談哲理的書，不是娛樂性的作品。雖然說文字太古老，要讀懂已經很難，還要感到笑意，似乎是不可能的事。但是，只要有好的註解，再略為浸淫，莊子的幽默滑稽之處其實是躍然紙上的。

莊子和一本正經的儒家學說對着幹，是基本認知，所以採取詼諧搞笑的路線，絕對可以預期。（我懷疑其實《論語》裏面也有好笑的，孔子本身不是個道貌岸然的人，不過我沒有仔細探究過，不敢亂下結論。）與同是道家的《老子》相比，《莊子》更狂放、更遊戲、更不拘一格。老子始終給人玄奧的感覺，甚至過於老成，不及莊子充滿天真的童趣。讀《莊子》就算弄不懂他的思想，或者不盡同意，本身也是一種享受。所以《莊子》除了是哲學書，也是一部文學作品，而且是笑的文學。

《莊子》的好笑，首先在於其誇張。一誇張便漫畫化，充滿諧趣。你看他寫那些大鵬大鯤，幾千里大，比拉伯雷的巨人還誇張。與之相反，他寫的小鳥小蜩小蟲小菌，吱吱喳喳，跳來跳去，十足宮崎駿筆下的小鬼小精靈。連骷髏和枯魚都會說起話來，甚似黑色喜劇裏的人物。書裏充斥的那些怪人怪名，更

加是層出不窮，目不暇給——支離疏、哀駘它、闉跂、無趾、罔兩、狂屈、无為謂……這些人改的是什麼鬼名字？他自創的哲學新詞——弔詭、隱机、坐忘、心齋、懸解、攖寧、物化、葆光……看來不是令人摸不着頭腦，就是感覺滑稽。把得道者形容為「形如槁木，心如死灰」，相信不是太令人嚮往的事情吧。

把日常邏輯和習慣顛倒，是笑文學的一個大原理，在西方文學評論裏稱為「狂歡節精神」。《莊子》裏面也滿是這種倒錯的玩笑，以醜為美，以慘取樂，不一而足。那個醜到極品的支離疏，臉部藏在肚臍下，肩膀高過頭頂，兩條大腿和胸肋相並，表面看完全是個怪物，但他卻因此逃過了兵役，獲得額外的賑濟，得享天年。另外有個差不多醜的哀駘它，更加是美女們爭相委身的對象。這說明醜到了一個點，反而會成為受歡迎的人物。至於身體的疾病傷殘，生瘤發腫斷手斷腳，也不是值得哀嘆的事情，個個患者都精神奕奕，像是獲得上天賜福似的，慶幸有機會漠視自己的形體，超越物質的限制。如果還死掉的話，就更加是喜事一件，值得像莊子一樣在妻子的喪禮上鼓盆而歌，看透生死，放任大化。由於乖離常理到一個極端的程度，讀了不但不覺悲慘，反而令人忍俊不禁。

不過，我覺得莊子最好笑的，是他筆下的那些精妙又無聊的對答，簡直就是相聲的效果。莊子和老友惠子最喜歡鬥嘴，每次都十分有趣。兩人一起在橋上看河裏的魚，突然爭拗起來。莊子說：「睇下啲魚幾開心！」惠子卻挑機說：「你又唔係

魚，你點知啲魚開心？」莊子反駁說：「你又唔係我，你點知我唔知啲魚開心？」惠子以為可以一招 KO 莊子，說：「我唔係你，我梗係唔知你諗乜啦！咁你唔係魚，你咪一樣唔知啲魚開唔開心囉。哈哈！完勝！」莊子當然不認輸，說：「咪住，講翻轉頭先。你頭先話『你點知啲魚開心』，其實係已經知道我知道，你先至嚟問我嫁嘛，所以我宜家話你知，我係喺河上條橋上面知道嘅。」姑勿論莊子最後是否強辭奪理，兩人又誰勝誰負，這段話演繹出來肯定是一場喜劇。

舉另一個極具喜劇效果的例子。東郭子問莊子：「所謂道呢樣嘢，喺邊度可以搵到？」莊子說：「無所不在。」東郭子說：「指出嚟睇下。」莊子說：「喺啲蟻度。」東郭子說：「吓？咁 cheap？」莊子說：「喺啲梯稗度。」東郭子說：「仲 cheap 啲！」莊子說：「喺啲瓦礫度。」東郭子說：「有冇再 cheap 啲呀！」莊子說：「喺啲屎尿度。」東郭子終於頂唔順，無再問下去。雖然沒有仔細形容，我們也可以想像到，兩個人面上表情的變化。莊子像個冷面笑匠，句句到肉，但卻不動聲色。東郭子開頭自鳴得意，以為考起對方，點知愈問愈震，到最後嚇到標汗。

不正經回答問題，是莊子的一大絕學。更絕的是索性唔答。書中有很多問而不答的例子，其中一個在〈知北遊〉開首。知（名字，擬人化人物）周圍去問道是什麼、道在哪裏，非常好學的樣子，怎料遇上无為謂（得道之人）時，對方卻三問三不答。知當然十分無癮，但並未放棄。後來他碰見另一得

道之人狂屈，狂屈想了一會，說：「我本來想答你，但係諗緊
嘅時候，突然唔記得想講乜，所以都係答唔到。」最後，知遇
到黃帝，問了相同的問題，黃帝才說：「知者不言，言者不知，
故聖人行不言之教。」三人之中，什麼都不答的无為謂境界最
高，想答而答不出來的狂屈第二，回答了他的黃帝層次最低，
離道最遠。所以莊子在後面的另一節說：「道無問，問無應。無
問問之，是問窮也；無應應之，是無內也。」在嬉笑中說道，似
乎是論道的唯一可能。最好當然是什麼都不說啦。但是，莊子
做乜又要長篇大論寫書？這就是莊子式的弔詭吧。

　　莊子雖然對後世文人有很大影響，不少也深得其超脫放達
之意，但談到令人發笑，始終不及一代宗師。在中華傳統裏，
二千年來再無一人，能不令人惋惜嗎？

小說之母

　　卡爾維諾論經典，劈頭便指出了「重讀」一說暗藏的掩飾。剛巧我最近重讀紫式部的《源氏物語》，說起來便有點心虛。其實重讀經典最正常不過。能耐得住不斷重讀而不失趣味和意義的，才算得上是經典吧。另一種稍有差別的重讀，是讀不同的版本或譯本。我第一次讀《源氏物語》是豐子愷的譯本，今次讀的是林文月的譯本。兩者可謂各有千秋，各有風味。

　　《源氏物語》的原文是平安時代（即約一千年前）的古日文，對現代日本人來說也是幾乎讀不懂的。（除非是專家學者吧。）明治時期女作家與謝野晶子率先把這部古典巨著譯成現代日語。之後小說家谷崎潤一郎花了三十年功夫再次譯成《新新譯源氏物語》。稍後又有另一女作家円地文子的譯本。原文行文的缺乏主語，以及人物全都沒有名字（除了主角光源氏，但「光源氏」也只是他的綽號，不是真名），往往以官位或者（對女性而言）以父兄的官位稱呼，增加了閱讀的難度。書中的女性人物的漂亮名字，如夕顏、朝顏、空蟬、紫之上、朧月夜、花散里、末摘花、玉鬘、雲居雁、浮舟等，都是採自文中有關詩句的關鍵詞語，作為她們的代號。不過，中文版的《源氏物語》，無論是豐子愷版還是林文月版，文句都非常流暢易讀，全無障礙，樂趣無窮。真是要對譯者大大感謝！

　　《源氏物語》屬於平安時代中後期「王朝物語」大盛的最
突出成果。據推斷當時的諸多物語，大部分是女性的手筆，不
過都沒有留名後世。和紫式部齊名的同時代女作家清少納言，
則以散文隨筆《枕草子》為人所稱頌。（兩人的名字也是父兄
的官位。）這個時期少數受過高等教育的女性，在入宮侍奉或
居家生活之餘，有充分的閒暇從事故事的編整和創作，作為貴
族文化生活的實踐，或者茶餘飯後的娛樂。宮中后妃們為博取
皇上歡心，除外貌和人品之外，文藝實力也十分重要。詩歌和
故事，是兩大必備的文學造詣。男人們專注於以漢文書寫的學
問和政治，女人們則利用生活化的和文從事文化薰習，形成了
「男文字」和「女文字」分工，鼎足而立的局面。即今天所謂的
「硬實力」和「軟實力」也。

　　當代精神分析家河合隼雄認為，紫式部在開始寫作《源
氏物語》的時候，並未計劃把它寫成連續性的長篇。小說開頭
不久有一個「雨夜品評」的場面，源氏和他的男性友人圍在一
起，談論各自心目中的理想女性。人物品評的風氣，源自中國
魏晉時期的名士。品評結果，似乎傾向以中品的女性為最可欲
的對象。皆因上品太高貴而欠缺情趣，下品則嫌過於粗鄙。由
這場品評，啟動了《源氏物語》的敘述動力，之後各章，輪流
出現了不同外貌、品性、背景和年齡的女性。要把這些不相干
的女性納入同一部作品，需要一個中心點或者連結者，這個功
能便由「萬人迷」光源氏扮演了。所以，光源氏只是一個工具
性的主角而已。

在這個階段出現的女性，每一位都有獨特之處，有年幼的
（紫之上），有年長的（源典侍），有絕美的（藤壺），有極醜的
（末摘花），有激情的（朧月夜），有內斂的（花散里），有柔順
的（夕顏），有倔強的（空蟬）。真可謂個個精彩，目不暇給。
而伴隨各人而來的，是不同性質的幽會場景（地點、天氣和季
節），為景物描繪提供了變化多端的條件。只要注視到形式上的
特點，便會明白，源氏的多情好色其實是敘述運作上的需要。
從寫實的角度去評價他的性格和行為，是用後世的小說寫法來
要求物語，重點完全錯置。

所謂「物語」，簡單說就是故事，但它是一種特別形態的故
事，介乎民間傳說與現代小說之間。與民間傳說相比，物語有
較強的創作意識，以及從口頭過渡到文字記載的特徵。但是，
和現代小說相比，物語又較着重講故事，人物也相對平面，不
注重內在的心理描寫和個人的性格發展。擁有完整的人格和突
出的個體性，是現代小說才有的事情。光源氏作為一個好色男
（但又同時是風度翩翩的公子）的設定，雖然未能令現代讀者信
服和滿意，但在物語的要求上是完全沒有問題的，甚至是必須
的。

有趣的是，隨着故事的發展，特別是遭貶謫至須磨海濱，
體會到人生的挫敗和苦楚之後，光源氏的性格漸漸變得立體。
河合隼雄認為，他開始成為一個有血有肉的個體，而《源氏物
語》的下半部，也愈來愈接近現代小說。另一個標誌着它超越
古代物語，邁向現代小說的地方，是書中女性角色的覺醒。由

開頭純粹是不同品流的標本式的示範，到後來發展出圓滿的個性，各自有生命上深刻的悲苦，和試圖擺脫男性束縛的追求。後半出現的女性，不再那麼順從男性的要求，顯現出堅決的意志。這些傾向在王朝物語的時代，也是具有超越意義的。

日本在現代文學興起之後，以男性作家為主，出現許多文豪和小說大家，其中志賀直哉還有「小說之神」的稱號。但是，不得不承認，一眾現代男小說家都得屈從於《源氏物語》作者的光環之下，特別是走唯美陰柔路線的作家，如川端康成、谷崎潤一郎之輩。這真是世界文學獨有的現象。難怪有人認為，日本文化表面上是男尊女卑，內裏其實有着根深柢固的母性傳統。紫式部不但是小說之母，更可以說是小說之母神吧。

《源氏物語》與故事

　　說《源氏物語》是千古巨著，一點也不誇張。成書於十一世紀初平安時代的日本，它是全世界最早由一人獨創的長篇小說。所謂獨創的意思，是它並非每個民族都有的神話或民間故事的匯集或改編，而是具有自覺意識的單一作家的原創作品。（雖然對於小說稱為「宇治十帖」的最後部分是否紫式部所作還有所爭議。）這比西方同樣具有獨創性質的長篇小說早至少六百年，比中國的最早獨創長篇（清代的《紅樓夢》）早七百年。這是相當驚人的現象。

　　更有意思的是，站在這個長篇小說史的源頭的作者，是一位女性。這不但在同時代的女性中，就算是在現代文學出現之後，也是絕無僅有的事情。可以說，紫式部完全是一位超越性的作家。為什麼在平安時代會出現如此卓越的女性作家（事實上當時並不存在同等水平的男性作家），日本文學史家應該早已給出各種各樣的原因。其中一個說法是由榮格派精神分析學家河合隼雄提出的。當時的日本知識男性受到漢文化和儒家思想影響，追求的都是官場上的成就，使用的公文是漢文，就算「創作」也是寫漢詩，完全是在規範內的活動。相反，受過良好教育的官家女性，卻有較高的自由度以非正式的日語假名來書寫自身的經驗和感受。而這些女性的常見出路，除了是入宮成

為皇族的后妃，就是作為這些后妃的侍奉，以其文藝造詣增強主子宮院的魅力，博取皇上的歡心。因為這樣的經歷和條件而成為創作者的，除了紫式部之外，還有《枕草子》的作者清少納言。河合甚至進一步推論，當時大盛的王朝物語，很可能大部分都是女性所作的。

作為從事精神分析的學者，河合隼雄坦承自己並非《源氏物語》專家，不可能短時間內把握有關方面博大精深的學說。他試圖以精神分析的方法，另闢蹊徑，打開閱讀這部經典的新可能性。他提出的一個創新觀點是，《源氏物語》不是一部以男性為中心的小說（雖然它的主角是光源氏，而男性在當中享有強大的支配權），而是一部通過「女性之眼」去觀看和創造自身的「世界」的小說。他觀察到光源氏這個「主角」在小說初段的形象和個性十分模糊，認為紫式部開頭只是把他當成一個具有貫串功能的角色，利用他來說出各種各樣的女性故事。一直到源氏在朝中失勢，自願謫居到須磨，經歷了人生的挫折，他才漸漸成為了一個有深度、有能動性的自主角色。

故事在河合隼雄的論述中佔有關鍵位置。作為精神分析師，他特別重視「說故事」對於人的自我建立的作用。他把故事區分為集體的故事和個人的故事。集體的故事最早見諸神話，但所有社會也有這些集體或共通故事，例如在平安時代成功男性應該追求功名利祿的故事──生女兒，培養她成才，入宮成為皇后，誕下皇太子，父親便能成為未來的皇帝的外祖父，也即是最有權力的人。（皇帝的母親的父親作為掌權人這一

點，混雜了母系社會的味道。）河合認為，男性受制於這樣的
共同故事，雖然看似擁有權威，但其實是缺乏創造性空間的。
相反，女性看似沒有命運自主權，人生抉擇都被男性擺佈，但
在共同故事（入宮成為皇后）之外，其實有更大的空間去想像
自己的故事。而女性之所以能想像自己的故事，是因為擁有假
名這種更為自由自在的書寫文，令她們能在備受約束的語言
（真名、漢文）之外，開拓自己的世界。

　　河合隼雄的《源氏物語與日本人》是一本以嶄新方式解讀
《源氏物語》的書。他試圖跳過現代化和西化之後種種對於男女
關係和男權女權的觀點，用近似於神話學分析的方法，「還原」
平安時代的男女觀念。有趣的是，他把神話學的原型方法論，
結合佛教密宗的曼陀羅形象，建構出紫式部的內在世界（河合
的書名原本是《紫曼陀羅》），而這內在世界所追求的，卻是個
人故事和個體自我的確立和自主。於是，《源氏物語》便同時具
備了集體的故事和個人的故事的層面。可以反過來說，《源氏物
語》成為了河合以故事作為核心的心理分析的最佳案例。

《源氏物語》與女性意志

　　閱讀《源氏物語》（或任何作品）可以採取兩種方式：線性發展的方式和一體總覽的方式。當然，就一般閱讀而言，是先按前者讀完，才能獲得後者的視覺的。但是，到了最後如果想真正了解一部作品，便要同時採用兩種方法。河合隼雄的《源氏物語與日本人》（原名《紫曼陀羅》）一方面結合榮格的原型分析和佛教密宗的曼陀羅時空圖式，意圖一體把握《源氏物語》的精神面貌，但在行文方面，卻又遵從物語的結構從頭到尾論述，可以見出兩種方式的表裏關係。

　　河合不把《源氏物語》視為主角光源氏的故事，而是作者紫式部的故事。紫式部透過以源氏為中軸的結構，寫出經驗和內心存在的多種多樣的女性故事。源氏只是這些女性登場的功能性連結，本來是不具備人格特質的。但是，在故事的發展中，他開始獲得了動力，也因此成為了立體的人物。這個轉換，見出了源氏作為一個人物的變化。他由初期無往而不利的、代表着男性權威的模糊象徵，變成了一個遭到挫折、經歷內心矛盾和煩惱的個人。但他原先的光芒也隨着他的個人化而減退。到了源氏中年，雖然在社會地位上權傾朝野，但在個人感情上卻連番敗退。後來追求的女性對他堅決拒絕，不再讓他任意妄為，他又多番傷害自己最愛的紫之上，陷入自責中。他

人生最後的「得意之作」——娶得皇上之妹女三宮——卻以她私通外人告終。（這是源氏自己年少時私通人妻的對照，或者「報應」。）風流倜儻的光源氏在人生的後半終於體會到自己不是女人的主宰的滋味。

在小說的下半，光源氏已經不再是主角，代之而起的是第二代（長子夕霧）和第三代（女三宮和柏木私通所生的幼子薰）的故事。夕霧的性格和父親完全相反，為人勤奮厚實，用情專一。他和雲居雁苦戀多年，耐心等待，終於得成眷屬，跟四處拈花惹草的父親形成強烈對比。（後來夕霧還是忍不住愛上了落葉宮，但最多是一室二妻，還算是克制。）薰是個潛心學佛的少年，對感情事優柔寡斷。以他為主角的「宇治十帖」，完全是他愛戀失敗的故事。河合隼雄把源氏自身和他的後代的轉變，視為作者紫式部自身內在世界的轉變，而不是外在事件，真可謂別具慧眼。

河合把《源氏物語》理解為紫式部以「女性之眼」建構的想像世界、並在其中進行自我實現的行為。她通過說出女性的故事來確立自己的個體性和自主性。在書中林林總總的女性，都是紫式部的分身。河合推論（當然沒有十足證據）紫式部在自己的人生中多少經歷了書中四大類型女性的生涯——女兒、妻子、母親、娼婦。（「娼」並非指公開賣淫的妓女，而是和並非丈夫的男性自願或不自願地發生性關係的女性。光源氏染指的眾多女性，如未獲得妻子的地位，都可以歸為「娼」。）書中的女性人物，有的可以歸為其中一種身分，有的卻經歷身分的

轉移。其中經歷最豐富但也最令人心酸的，是光源氏一生的最愛紫之上。她首先以「女兒」的角色出現，十歲的時候被十八歲的光源氏看上，帶回家中養育成人。在十五歲的時候，被光源氏佔有，娶為「妻子」。紫之上後來雖無生育兒女，卻成為了光源氏和明石君所生的明石姬的養母，達成了「母親」的角色。最後，卻因為源氏娶了年輕他三十年的皇帝之妹女三宮為妻，而失去正室的位置，在意義上被降級為「娼」。

如果說小說的前半是紫之上經歷四種身分轉變的歷程，後半便是紫式部尋找如何突破這四種身分的約束的可能性。事實上，在源氏的「晚年」（其實只是四十歲上下），他已經經歷到玉鬘對他的追求的頑強抵抗，以及女三宮對他的背叛的兩次挫敗。女性對男性不再逆來順受，而擁有自己的主張的情況，已經漸露端倪。（其實這樣的女性早前也有，如空蟬。）長子夕霧是實驗不同男女關係的過渡。但對女性命運作出更大膽突破的，是「宇治十帖」中薰與大君和浮舟的故事。薰的求愛失敗，除了歸咎於他個人不夠堅決進取，其實也是因為他遇到了品性完全不同的女性。隱居於宇治山野的大君堅決拒絕性和婚姻的要求，只願意有內心或精神上的交往。大君死後，與她容貌相似的浮舟出現，最初看似是之前常見的那種完全被命運擺佈的女子，但在一番內心掙扎之後，竟然試圖投水自殺。獲救之後浮舟出現了巨大的變化，決心出家，了斷一切世俗塵緣。河合認為，這代表了紫式部通過小說創作所達到的最終覺悟——女性可以成為脫離男性、自足自在的個人。相反，男性雖然擁有特權，但卻是沒有女性便活不下去的不自由的人。

平安時代的女性要脫離「女兒」、「妻子」、「母親」和「娼」的命定角色，便只有「出家」一途，現在看來依然是不能令人滿意的。但是，在女性被制度、習慣和觀念牢牢束縛的時代，這已經是自我完成的最可行出路。不過，在「出家」之外，其實紫式部也創造了另一個角色。這個角色前所未見，堪稱石破天驚，完全地擺脫了世間的約束，解除了男性的控制，那就是說故事者、書寫者、創作者、作家的角色。在這個意義上，紫式部和她筆下所有的女性成為一體，遠遠超前於同時代的男性。

物語、心靈與場所

　　故事是人類文化的獨特形式，它對個體和集體都有同樣的重要性。幾乎可以這樣界定說：人類就是會說故事的動物。說故事不僅是一種娛樂，它更加是一種需要。群體靠故事來建構共同感，凝聚成員間的連繫；個體則靠故事來自我定義，確立自身的生命方向。有些時候，兩者會匯合為一。個體的故事即是群體的故事。這就是主流價值觀的形成，和大部分人對此價值觀的認同和迎合，並且加以追求。不過，真正具創造性的，可能是拒絕追隨群體的、另類的故事。

　　日本臨牀心理學家，著名精神分析師河合隼雄，畢生在做着故事的詮釋。他晚年在日本傳統的物語形式裏，發現了故事的寶庫，一口氣做了許多關於故事的分析。其中關於《源氏物語》的精彩觀點，我早前在本欄裏也介紹過。這次想談談他的另一本書《活在故事裏：現在即過去，過去即現在》。在這本書中，他以綜觀的方式，談論了「王朝物語」的多部重要作品，當中包括物語的鼻祖《竹取物語》，以及《宇津保物語》、《落窪物語》、《住吉物語》、《平中物語》、《換身物語》、《濱中納言物語》等。當然也少不了《源氏物語》。不過，後者他另有專書論述，我們亦已談過，就不在這裏重複了。

所謂「王朝物語」，是在九世紀至十一世紀之間的平安時代寫成的敘事作品。當時的獨特條件，造就了一些既受過良好教育，又有一定程度的經濟獨立的女性，在男人們都全副精神投入功名的追逐時，以抽離於主流大故事的角度，表現出具有高度創意的感受性。平假名的發明，也有利於女士們用自己的語言（有別於男性在官場上用的漢文），創作自己的故事。河合隼雄認為，完全認同和迎合主流價值觀的人，是不覺得自己需要創作故事的，因為他們只需跟隨主流的故事。只有對主流故事感到不滿足的人，才有創作故事的動機。

　　物語是日本獨有的文學形式，介乎民間傳說和現代小說之間。雖然以故事和情節推進為主，但已出現有個體身分的人物，而且出於具有創作意識的作者之手。不過，較諸現代小說的寫實性，物語的情節往往不可思議，或者充滿巧合，一看就令人覺得是虛構的。「物」這個詞在日語中含義亦豐富而多樣。它一方面指「事物」、「物質」，但在古日語中，又奇妙地和「神靈」有關。「物語」的其中一個解釋是：「神靈的說話」。這個說法為精神分析學者河合隼雄帶來啟發。他因而認為，物語呈現的是人與精神世界的連結形式。而精神世界的失落，正是受到西方理性思想所影響的現代社會所面對的問題。

　　河合的想法很有意思。他主張故事的作用是締造關係，幫助人尋找和建立跟他人和跟自己的關係。而促成關係的，不是注重因果的現代理性，而是「靈」。這個「靈」很微妙，很難清晰界定。它不是人的心理或意識，也不是特定的宗教信仰的神

祇，而是某種超越個體的超自然觀念。物語所說的，就是「靈」所促成的人的連結，和自我生命追尋的故事。它要回答的是：我是誰？我從哪裏來？我將往哪裏去？這些問題多少都有點出世間的意味，不是在世俗的名利場上打滾的人所能明白的。當時的男人似乎都不具備這方面的「靈性」或「靈感」，所以王朝物語大都出自女性的手筆。這是相當值得深思的現象。

與物語的「靈性」相關的，是所謂 topos 或「場所」的觀念。河合隼雄指出，現代人相信個體的獨立和獨特性。一個人無論去到哪裏，處身於任何環境，他依然是同一個人，靠他的內在自我來界定自己。相反，在日本傳統文化裏，場所的力量比個人強大，所以人去到不同的場所，他的心態、表現和命運也會出現變化。最著名的場所力量是《源氏物語》中的明石，即是光源氏失勢之後自我貶謫的濱海之地。這個氣質和京都截然不同的場所，為源氏帶來洗心革面的變化。在其他物語中，宇治、吉野，甚至是遙遠的唐土，都具有超越日常的異世間的功能。河合隼雄通過物語的解讀而提倡的，是 topos 的恢復。當然，在交通便利和全球一體化的趨勢下，場所的獨特性已經差不多完全消失了。再沒有嚴格意義的「異世間」的存在。但是，他認為我們現代人可以向自己的內在發掘不同的 topos，並且重新和靈的境界連接上。這是治療現代人的種種精神疾病和失調的良方。河合甚至暗示，閱讀物語這一行為本身，便已經是恢復 topos 和靈的一種做法。再引申下去，除了閱讀他人的故事，創作自己的故事，也具有同樣的，甚至是更巨大的功效。

無論我們是否認同河合隼雄的精神分析方法，或者他對於日本古代文學的新奇觀點，他對於故事的熱情和信任，是令人動容的。他坦白承認自己是文學領域的門外漢，年輕時沒有耐性讀完《源氏物語》，對日本古文學一無所知。但是，在六十歲之後卻回頭閱讀日本的物語，並且在當中發現了契合自己的專業和心靈的秘密，那種激動和喜悅溢於言表。對於現代西方個人主義的不滿，並沒有令他簡單化地提倡回歸傳統，主張東方比西方優勝。他對傳統的態度，可以見諸「現在即過去、過去即現在」的超越性觀點。也即是說，重新建立跟古人的關係。而物語，就是這樣的心靈空間或場所。

日 常 與 神 話

夢見圖書館

　　妻子剛買了部 Kindle，薄薄的、輕盈的一片，畫面光線柔和，格調優雅。她興奮地告訴我，不消幾塊錢，就可以擁有五十本一生必讀的經典，還有許多比一包薯片還要便宜的名著。除了價錢，想看什麼書立即可以一按下載，簡直是唾手可得。我立即想，如果古代的讀書人得到這件東西，一定會看傻了眼，當成是魔法或者妖術吧。同日我收到亞馬遜的郵包，裏面是我花了一千多元訂購的六本磚頭般的康德著作和研究論著，厚度至少是三十部 Kindle 疊在一起。

　　不知為什麼，Kindle 令我想起翁貝爾托・艾可（Umberto Eco）的《玫瑰的名字》。在書中的中世紀歐洲氛圍裏，稀少的書籍如絕世珍寶，承載着神聖的真理，但也包含着邪惡的思想。超越二者的，是對知識本身的嚮往與沉迷，以致於對所謂的異端邪說，就算表面撲殺打壓，暗地裏還是禁不住收藏和保存。修道院圖書館的禁書謎團，引起了連番的命案……。神秘圖書館的形象，深深印在我的腦裏，致使我在最初寫小說的時候，裝模作樣地寫了個關於未來圖書館的短篇，還大言不慚地把它命名為〈名字的玫瑰〉。

　　我當時還受了阿根庭魔幻大師波赫士（Jorges Luis Borges）

的影響，特別是他的短篇〈巴別圖書館〉（The Library of Babel）。他筆下的那座等同於宇宙本身的圖書館，由無數的六邊形單位互相連結而成，上下四方無限伸延，永遠無法到達邊界。簡單地說，那是一個迷宮。年輕的我對知識的迷宮非常神往。大學時代的我，幾乎沒有參加任何課外活動，沒有加入任何會社。除了上課，大部分時間就是消磨在圖書館裏。我喜歡在書架之間的通道漫無目的地遊走，讓指尖輕輕掃過那些殘舊的書脊，呼吸那微微霉壞的紙張的氣息。圖書館是一個巨大的墳場，表面上好像了無生氣，但只要你懂得召喚，歷史上所有曾經活潑的靈魂，都會倏然冒現，向你講述另外的時空的秘密。在圖書館裏，我感到戰慄，也感到安寧；我感到渺小，也感到豐盈。

圖書館本身，也應該有自己的性格和故事。雖然我曾經把日子埋首於圖書館，但回想起來，其實我沒有遇到過真正有個性、令我戀戀不捨的圖書館。在香港，這樣的圖書館也不多吧。所以離開大學之後，已經沒有去圖書館的習慣了。有時候看見別的城市，有着歷史悠久、充滿人文氣息的圖書館，也感到十分羨慕。念港大的時候，主圖書館有兩層叫做馮平山圖書館，專門放置中文書籍。我當時還懵然不知，原本的馮平山圖書館是一座獨立的建築，就坐落在般咸道旁，戰後改為美術館。

去年六月，作家友人中島京子來港為小說搜集資料，我便陪同她去拜訪香港大學美術館館長 Chris Mattison。美術館收藏不少中國古代青銅器和瓷器，也舉辦現代藝術展覽。館長為我

們講解原本馮平山圖書館的內部佈局和陳設。中央大廳呈圓形設計，半圓牆上原本的一列長窗已經封閉，圓頂上有三角形的採光天窗。二次大戰日軍佔領香港之後，把馮平山圖書館的三萬冊藏書運走。戰後陳君葆先生鍥而不捨地追尋，發現被掠書籍藏在東京上野公園內的帝國圖書館，幾經爭取終於獲得全數歸還。

兩年前夏天我去東京的時候，中島京子帶我參觀了上野的帝國圖書館。它是日本第一座現代圖書館，成立於明治三十九年（一九〇六年），原本計劃中的規模更大，但最終因資金問題只建成了一個側翼，即約四分之一的面積。一九九五年由著名建築師安藤忠雄負責修復和擴建。二〇〇〇年改立為國際兒童圖書館。當時京子便已向我提及她的小說計劃，並且透露當中跟馮平山圖書館有關的部分。

今年五月收到京子寄來的小說《夢見る帝国図書館》。她標記出有關馮平山圖書館藏書被奪一節。小說的第一人稱敘述者，有一天在上野公園遇見一位奇怪的老婦。老婦敦促她一定要寫一個叫做「夢見帝國圖書館」的故事，當中必須包含圖書館的歷史，以及以「圖書館」為主角的事跡。所以，小說分為兩條線索，一條是敘述者「我」和老婦人之間的奇異交往，另一條是「夢見帝國圖書館」這篇故事的章節。後者把「圖書館」擬人化，變成了一個有思想和感情的人物。它愛上了明治時期女作家樋口一葉，又為上野動物園中遭美軍轟炸喪生的動物感到傷心。雖然我不懂日語，但單憑漢字也可猜到，作者對帝國

圖書館的歷史考證非常充分。京子不愧為一位念歷史出身的小說家。書中提到的作家，除樋口一葉之外，還有夏目漱石、永井荷風、芥川龍之介、谷崎潤一郎等，可見歷代日本文人和帝國圖書館有着甚深的淵源。

也許，將來會有人寫出《夢見 Kindle》這樣的小說，而讀者會在更為新型的 Kindle 上閱讀這樣的故事。但是，像我這樣跟不上時代的老派人，還是會懷念圖書館這種笨拙的、沒有效益的設施，還是會在夢中留連於這種暮氣沉沉、鬼氣森森的地方。

漫長的告別

友人中島京子的小說，已經兩度搬上大銀幕。二〇一四年，有山田洋次導演的《東京小屋》（原著《小小的家》），今年則有中野量太導演的《漫長的告別》（原著同名）。《東京小屋》由松隆子、黑木華等主演，《漫長的告別》則有山崎努、竹內結子、蒼井優等著名演員。京子說她較喜歡後者，可能是因為內容跟她的個人經驗比較密切，所以感到更為親近吧。

《漫長的告別》這個書名，借用自美國偵探小說家雷蒙・錢德勒的經典名著 *The Long Goodbye*。不過中島京子的小說沒有推理成分，相反卻是關於一個患上失智症的老人和他的家人的故事。小說中的這位家長以京子自己的父親為原型，當中許多細節應是作者的親身經歷。當然，作為小說，作家做了不少虛構和改動。例如，京子的父親是一位法國文學大學教授，而小說中的老人則是退休中學校長。京子母親也是大學教授，而小說中的母親則是專責照顧家庭的傳統日本女性。現實中家裏只有京子兩姐妹和一個孫女，小說中卻有三姐妹和三個孫子。

電影版又是另一次對現實的改編。家中成員又改回兩姐妹，其中長女麻里隨丈夫移居美國，育有一子，夫妻關係存在隱憂；次女芙美留在東京獨立生活，情感生活不順，開餐館的

夢想也屢次遭到挫折。（現實中京子的姐姐移居法國，有一個女兒，而京子曾經當雜誌編輯，後來成為小說家。）可想而知，女兒們沒有多少時間陪伴年老的父母。當發現父親患上了失智症，家人開始重新檢視彼此的關係，並勾起了許多早已淡忘的回憶。兩女兒嘗試重新認識父親，並在過程中更明瞭自己的人生境遇和方向。電影的處理手法平靜而深刻，富有生活實感，沒有煽情和誇張。幽默是輕輕的，哀傷也是輕輕的。

京子非常欣賞導演和編劇的細心閱讀和編排。我因為沒有讀過原著，所以無法在電影和小說間作出比較。（京子有贈書給我，奈何我不懂日語。）我在看電影時只能不斷猜想：這是作者的原意嗎？這細節是作者的還是導演的？有些什麼是原著有而電影略去的？事後當然有向京子稍作詢問，但也很難說得詳細。她說遊樂場一幕本來是有的，但當中沒有雨中舉傘的情景。另外一些我想知道的細節，唯有待見面的時候才直接問她了。

電影中首次發現父親患上失智症是二〇〇七年，結局是二〇一四年。我和中島京子認識，是二〇〇九年秋天，一起參加美國愛荷華的國際寫作計劃。當時已聽她說父親患上阿茲海默症（Alzheimer's disease，失智症的一種）。二〇一四年，香港導演陳耀成在拍攝一部關於我的紀錄片，他特意飛去東京找中島京子做訪問，請她談談對我的小說的看法。（之前京子和東京大學中文系教授藤井省三合作把我的《地圖集》翻譯成日文。）我後來才從陳導口中知道，訪問當天京子的父親正陷入危急狀

況，但她依然踐約先完成訪問才趕去醫院。我聽了既感激又難過。

對失智症患者和他們的家人來說，所謂「漫長的告別」的意思不必多加解釋。一般末期病患者的生存期已在預計之中，也可以算是一種提早有所準備的告別。但失智症患者因為慢慢地失去記憶和智能，所以在身體還相對健全的時期，精神卻已逐漸遠去。作為家人所熟悉的他／她的人格，一點一滴地流失，好像變了另一個人一樣。在身體的告別之前，精神的告別早已開始，而且進程非常漫長。如果沒有親身體驗的話，情況是很難想像的。在對精神疾病一向隱而不宣的日本社會，家人承受的壓力應該也會特別巨大。

中島京子是二〇一〇年直木賞得主，之後屢獲日本國內大獎，著作甚豐，題材多樣化。知道改編自友人小說的電影上畫，一直也想先睹為快，但是多次去看戲的計劃也給打亂，一直拖延至主要的院線都已經落畫。到了僅有的最後場次，終於能趕及看到了。不過，對讀了這篇文章而感興趣的讀者，便要等 DVD 出來了。至於中島京子小說的中譯，除了台灣時報出版的《東京小屋的回憶》，還有一本給青少年的《一定會很開心》（台灣：讀癮）。最近前者也出版了英譯本，名為 *The Little House*。希望京子的小說會愈來愈多中譯和外譯，讓更多讀者可以讀到她那些美妙而感人的故事。

東京文學散步：淺草

　　像我這樣的一個要求多多的人，每次去東京想看什麼特別的地方，都會向當地好友中島京子求助。而個性慷慨的京子小姐，必定會竭盡所能滿足我的願望。就算以一個地道東京人而言，也不是全不費功夫的事情吧。對此我只有深深的感謝。

　　今次我想看的跟樋口一葉和永井荷風有關的景點，恰巧都集中在淺草一帶。淺草雷門仲見世已經去過多次，而且遊客擁擠，也就略過不逛了。京子首先帶我去尾張屋吃蕎麥麵，是一家一八六○年開業的老店。永井荷風當年是這裏的常客。我們在正午前去，人潮未現。靠牆正中的座位後面，放着永井荷風的黑白照片。我要了天婦羅大蝦的熱湯蕎麥麵。據說荷風也喜歡吃炸豬排飯，臨猝逝前吃的一餐就是炸豬排。

　　京子說永井荷風沒有留下什麼遺址，也沒有關於他的紀念館。於是便唯有追蹤他的行迹，走訪他習慣去的店子吧。荷風為人古怪，喜歡混迹於煙花之地，似乎沒有做過多少正事。自建居所「偏奇館」位於六本木，但早已燒毀不存。倒是他熱愛「散策」（散步），著有遊記《日和下駄》（晴天木屐），整個東京都是他的足迹，所以也可以說是無所不在了。當然，今天就算走相同的路線，看到的也不是當年（大正至昭和年間）的風景了。

在淺草站旁邊坐上北行的巴士，去找不遠的一葉紀念館。樋口一葉是日本近代文學最早的女性作家，作品雖然不多但卻極為優秀，堪稱明治時期新文學開創者之一。一葉生於一八七二年，比荷風早七年，兩者可說是同代人，但荷風活到一九五九年八十歲的高壽，而一葉卻只活了短短的二十四年，生命際遇截然不同。縱使如此，一葉的文學成就絕不因年輕而減損。在所謂「奇迹的十四個月」之中，二十多歲初登文壇的一葉，寫出了多篇令人驚嘆的作品，甚至連言行謹慎莊重的森鷗外也毫無保留地對她大加讚賞。

一葉紀念館位於前吉原遊廓附近，樓高三層，面積不算大，但足以展示豐富的文物，包括一葉的手稿、書信和生前用品。設館於此除了跟一葉最後的舊居接近，也因為她的名作〈比肩〉（亦譯〈青梅竹馬〉）的場景就是吉原遊廓和附近一帶的街區。此前一葉居於環境較好的本鄉，因父親和長兄早逝，家道中落，與母親和妹妹相依為命。一葉決心成為作家，部分原因是為了生計。後來遷居吉原，靠親友資助開了一家賣雜貨的小舖子，但生活還是極為拮据。過度勞苦的生涯，導致一葉一病不起，告別人間。

一葉舊居早已不在，但還可以看到遺址的標記牌，地點就在紀念館拐彎處不遠。我們在周邊街區，按着地圖尋找到當年遊女們參拜的吉原神社，以及舊吉原遊廓的大概範圍。在江戶末年到明治年間，吉原是指定的「紅燈區」，與江戶市中心隔開，位於田野之間。稱為「廓」是因為四邊建有圍牆，牆外還

有如護城河般的水溝，防止妓女逃走。廓內如小市鎮，街巷縱橫，開設有大小妓院。遊女們在妓院的木格子欄柵內讓客人觀賞挑選，就像今天的商店玻璃櫥窗。能當上花魁的遊女備受寵愛，掙錢也多，但往往難逃悲慘的下場。至於低層遊女的生涯之艱苦，是更為普遍的現象。

吉原遊廓大門向東北，門外種有著名的「回頭柳」，以示客人早上離開時頻頻回望，依依不捨的景況。今天那個位置是個加油站，外面立着柳樹一棵，當然不是原品，意思意思而已。我們從往昔大門的位置穿過原來的遊廓中央大街，到達另一端的吉原神社，只需不到十分鐘的路程。據說吉原遊廓佔地二萬坪，即今天約六萬六千平方公尺，等於一個小街區的面積。在中央大街上還可見到幾間沒落的色情場所，其餘皆已變成普通民居了。如果不是刻意對照地圖，根本已經完全找不到遊廓邊界的痕迹。

晚飯我們回到淺草另一家老店今半壽喜燒，創業於明治二十八年，也是荷風常到之處。飯後取道附近的河邊，看着夜色中的隅田川，想起荷風許多以此為背景的小說，景況之不同，說是滄海桑田也不為過。荷風是實業家之子，曾留學美國和法國，回國後卻不務正業。在大學教過書、辦過文學雜誌，但也不長久。靠家裏的遺產過活，生活無憂但不算大富。一生遠離正派和權貴，結交妓女和低下層人物，以同情之筆寫出他們的處境。

一葉與荷風，無論性別、背景、個性和教養也完全不同，但卻同樣在淺草找到他們的文學之根、生命之源；同一地靈，孕育不同的人傑，因緣萬千，牽於一線，誠奇妙哉。

東京文學散步：文京

　　文京區位於上野以西，包含舊日的小石川和本鄉，是一個以文教為主要特色的區域，內有東京大學和許多中小學，又曾是印刷業和出版業的集中地。這一區也出過不少文學家，夏目漱石、森鷗外、樋口一葉、石川啄木等都曾在區內居住。我的小說家朋友中島京子，也是住在文京區的。

　　森鷗外紀念館就是位於文京區團子坂上。從我下榻的上野出發，先坐山手線往北到西日暮里，再轉地鐵南下到千駄木站。出站後在路口往左拐，沿上坡路走五分鐘左右，便看到一座外型極具現代感的灰石磚建築。這座紀念館在二〇一二年，也即是鷗外誕生一百五十周年時開幕，原址是作家從一八九二年到一九二二年間居住的觀潮樓。當年東京還未有高樓，所以從小山頂可以觀潮。今天向山下望去，極目也只能觀樓了。

　　森鷗外（原名森林太郎）出生於島根縣，五歲接受傳統漢文教育，學習四書五經。十歲隨父親前往東京，開始學習德語。十五歲進入東京大學醫學院，十九歲畢業，成為陸軍軍醫。二十二歲往德國留學，二十六歲回國，後晉升至陸軍軍醫總監。在處理公務之餘，還積極從事文學創作和評論，又創辦雜誌，是一位全能型的人物。展覽館對鷗外的不同時期和不同

面向，都有詳實的介紹。

　　我稍嫌紀念館的外觀和室內設計過於冰冷，欠缺人文的溫度。參觀完畢，我在紀念館的咖啡店坐下來，一邊喝茶一邊讀鷗外的〈阿部一族〉。鷗外早年以留德經驗為原型的小說《舞姬》成名，晚年則專注於歷史小說的書寫。此轉折之契機，在於明治天皇駕崩之後，開國功臣乃木希典大將也隨之切腹殉死。這引起了鷗外對於切腹的興趣，根據歷史考證寫出了一系列有關切腹的故事，探討忠君和榮譽的觀念，如何演變成一套特異的行為準則。

　　夏目漱石和森鷗外，除了是同時期的文學大家，也曾經先後租住過同一間屋子。這間住所就在觀潮樓附近。從紀念館外的狹長下坡道藪下通一直往南走，到了日本醫科大學附屬病院後面往右轉，穿過小巷來到旁邊的坡道，對街稍高的地方就是當年房子的位置。現在只有標示「夏目漱石舊居迹」的石碑，和一堵牆上的貓兒銅像。漱石在這裏寫成《我是貓》等早期作品，後來便遷往新宿，也即是現在的漱石山房紀念館的位置。

　　根據國木田獨步在散文〈武藏野〉中所說，明治時期的東京，西行至新宿和澀谷一帶已屬郊外，由田地、小山和小樹林組成，完全是一派野外景色，適合作輕鬆的郊遊。他試圖還原古稱「武藏野」的地域，認為從舊江戶城向西北延展，直至川越一帶，也可以納入它的範圍。而武藏野的地形特色，就是山丘和平地交錯，既非一片平坦，也非險峻難行。觀乎今天東京

眾多小山和坂道的風景，的確如獨步對武藏野的描述一樣。

文京區就是佈滿這樣的高低起伏的道路。如果徒步的話，雖非十分艱辛，但也涉及一定的運動量。隔天京子帶我去參觀她家附近的小石川植物園，位置在森鷗外紀念館再往西一點。這個植物園是東京大學的附屬設施，裏面提供植物學和醫學研究的許多材料。園區面積甚大，巨樹林立，小路蜿蜒，清幽寬廣，遠離塵囂，秋天紅葉或春暖花開的景致一定極佳。在園的西端逐步拾級而下，去到稱為日本庭園一帶。京子說泉鏡花的小說〈外科室〉（手術室）中的男醫生和女病人，就是在這裏邂逅。西端出口的一座古老建築，原本是醫科大學的大樓，現已改為介紹建築學的博物館。念醫科出身的森鷗外，當年想必亦曾在此上課。喜愛散步的永井荷風，相信也會不時行經於此吧。

離開植物園在附近一家泰國餐館坐下午膳，京子請我加入聯署一份保護「谷根千」歷史文化的網上請願書。兩年前她帶我和我妻子逛過谷中的舊街，地點就在文京區的東面。谷中、根津和千駄木（合稱為「谷根千」），是個富有歷史和文化氣息的舊區，內裏保留古老的傳統建築和風俗面貌，也有令環境優雅清靜的綠化地。有關社區組織促請東京都政府，在道路擴建和規劃的政策上，致力保護「谷根千」的原貌。在京子帶領下遊歷過此區風貌的我，自然義不容辭，立即便上網簽署了。

鬼滅現象學

　　有人說《鬼滅之刃》在日本之所以會大紅，甚至成為現象，是因為碰上新冠疫情。疫病就像鬼一樣侵襲人類，而滅鬼（抗疫）便成為了人類反擊意志的象徵。在各行各業都受到疫情嚴重打擊的時候，《鬼滅》漫畫及其相關製作（包括電視動畫、電影動畫，以及周邊商品）卻逆市狂飆，創造經濟奇蹟，甚至完全超越了當初申辦東京奧運打響的如意算盤。（後者事實上是焦頭爛額了。）我無意探討《鬼滅》獲得商業成功的因素。這部作品的趣味甚至是意義，是可以獨立談論的。

　　鬼文化是日本文化的一個重要構成部分。日本傳統所重視的陰柔之美，很多時也帶有低沉的色調和鬼氣森森的味道。且聽聽傳統的尺八樂曲，或者讀讀谷崎潤一郎的《陰翳禮讚》，便可以略知日本人的陰暗美學品味。書寫鬼文化的作品，先有歸化日本的愛爾蘭人小泉八雲所著的《怪談》，後有著名民俗學家柳田國男的《遠野物語》。前者以小說的寫法，向西方介紹日本的著名鬼怪傳說，後者則以田野調查的嚴謹態度，記錄了從民間搜集的鬼怪故事。可以說，鬼怪是日本文化的重大資源，《鬼滅之刃》的作者吾峠呼世晴能夠善用這份資源，塑造出獨特的人物和編繪出精彩的故事，這是令人激賞的。

　　隨着《鬼滅》成為現象，也附帶出版了許多解說類的書本，有的純粹是粉絲式的精讀和揭秘，但也有人煞有介事地探討當中的文化意涵。有教授級人馬著書追溯漫畫中不同的鬼的設定，如何取源於日本歷史中的鬼文化。由鬼的誕生開始，談到種種鬼的樣態、習慣、法術等，也講述了人鬼對抗的歷史和有名的人鬼大戰故事。另外也把漫畫中動用的罪犯刺青、人口販賣、遊廓妓院、宗教組織、忍者集團、庶民行業、日常遊戲等元素，一一在史實中加以追認。

　　不過，就算是商業性和通俗性的作品，也不是把所有元素來個炒雜燴便會成功、好看的。我對《鬼滅》感興趣，固然首先是因為人物、故事和畫風，但也同時是因為它的世界觀。（以畫功來說《鬼滅》不算上乘，有人甚至給予劣評。我從門外漢的角度看，應該算是一般的專業水準吧。）作者所創造的人物之多樣化和各自的吸引力（甚至是反面角色鬼們也極具魅力），我就不在這裏一一細數了。我想談的是所謂「世界觀」方面。

　　最基本的認知是，鬼在日本一般並不是指死人的幽靈，而是會吃人的妖怪。所以照理說人鬼殊途，勢不兩立。但是《鬼滅》的作者對此作了一個根本的改動——所有鬼都是由人變成的。不是人死後變成鬼，而是人被變成鬼後不死。所有鬼的始祖和根源，是稱為鬼舞辻無慘的鬼王。生於一千年前平安朝的他，原本是名門望族產屋敷的成員，後來生了不治的怪病，被一位醫師以特殊煉製的藥物所救，但卻把他變成「鬼」，也即是長生不死、擁有強大力量（血鬼術）、需要吃人，以及懼怕陽光

的存在。他能用自己的血把人變成鬼，於是他便打造了眾多的手下，其中最強的十二個，是被封為上弦和下弦的十二鬼月。這就是鬼出現的淵源。

產屋敷這個家族因為恥於出了無慘這樣的惡魔，立誓世世代代致力於把鬼消滅，於是便招攬以至於培養出一批劍士，組成鬼殺隊。劍士使用的日輪刀，專門用來砍斷鬼的脖子。（脖子是鬼的致命傷，但高階的鬼其實已經演變出抵消的方法，所以往往砍了脖子還是不死。最強的無慘能夠把自己化為數千個細胞，逃過砍脖子的招式。）後來劍士之中出現了天賦極高的日之呼吸的使用者（所謂「呼吸」可以理解為近似氣功的東西，是劍士藉以增強體能和戰鬥力的方法），再經他的傳授衍生出各種呼吸法。這位創立起始呼吸法的劍士繼國緣壹，曾經差點殺掉鬼王無慘，也是史上唯一能把對方迫至如此境地的人，但可惜最後功虧一簣。

雖然沒有正式統計，鬼殺隊成員應該至少有數百，分為甲至癸十級，但當中真正武藝高強的，只有九個「柱」。柱們各有自己的呼吸法和絕技，要殺滅普通的鬼輕而易舉。但是面對最強的上弦鬼，單靠一個柱的實力還是會輸掉，必需要兩三人夾攻才有把握。炎柱煉獄杏壽郎是唯一能跟上弦之叁猗窩座單打獨鬥不分勝負的柱，但結果還是壯烈犧牲。為什麼炎柱會戰死呢？那就是因為，跟鬼那可以無限復原的身體不同，人體一受了傷就無法逆轉。鬼被砍了手臂可以立即再生，人被砍了就殘廢。所以人和鬼一開始就在這個不對等的情況下對決。縱使武

藝有多高強，這始終是要命的因素。就是因為這樣，千百年來劍士不斷地犧牲，鬼卻沒有減少。這幾乎是一場無望的鬥爭。

　　就是在這樣的局面之下，少年竈門炭治郎因為一家被無慘所殺，而決心要成為劍士，阻止鬼們濫殺無辜，以及尋找讓變成鬼的妹妹禰豆子回復成人類的方法。與他同期加入鬼殺隊的，有膽小怕死的我妻善逸和戴着野豬頭套、在山裏長大的嘴平伊之助。鬼殺隊的組織就好像學校一樣，有同期的同學，一起學習和鍛煉，不斷升級，最終不死的便能成為學長，最高級的學長就是柱了。而即使是實力最強的柱，其實年紀不大。師兄級人物悲鳴嶼行冥只有二十七歲。其他的柱也多是二十歲左右，霞柱時透無一郎更只有十四歲，比炭治郎還年輕。相對於那些生存了幾百年的老鬼，這是一場不折不扣的孩子與大人（老人）的對戰。

鬼滅神話學

上次談到《鬼滅之刃》的人鬼大戰其實是小孩與大人對決這個看法。以年輕人負起世界重任這一點，看似沒有什麼出奇。戰後日本漫畫就是從這樣的設定出發，且看從《銀河鐵道999》到《阿基拉》和《新世紀福音戰士》，以及宮崎駿的大部分動畫主角，幾乎沒有不是少年男女的。這和西方動漫中的成熟大人超級英雄完全不同。

少年日本的形象，可以說是戰後日本重建者（但也同時是反抗者）的形象，但這形象至今不改，除了因為動漫以少年觀眾／讀者為消費對象之外，也肯定還有集體潛意識的動力所驅使。《鬼滅》的時代背景設定在大正時期（一九一二至一九二六）也富有意義。如果明治是現代日本的童年期，而昭和是成年期的話，夾在中間的大正就是它的少年時代了。大正是一個高度現代化和西化，甚至是世界主義（cosmopolitan）的時代。這一點表面上沒有很鮮明地在《鬼滅》中反映出來。除了初段發生在東京淺草的一幕、無限列車篇的火車場景，以及最後無限城之戰把無慘從異界驅回地面的城市，漫畫大部分場面都發生在山林、村落和鄉間小鎮，感覺幾乎跟古代沒有兩樣。可是大正時期所代表的現代性，依然處於漫畫的核心，其中的兩個主要元素，是科學和人文主義精神。

　　《鬼滅》絕對不是一部靈異或怪談作品，裏面的鬼雖然擁有稱為「血鬼術」的強大力量，而鬼殺隊的柱也擁有超乎常人的武藝，但是沒有任何一項能力是不能解釋的魔法所致。雖然那些能力（例如所謂呼吸法）的解釋都是誇張的、天馬行空的，但仍然是依據科學精神的，時常還輔以類似醫學圖解的東西來說明。所以，與其說鬼舞辻無慘是傳統意義下的妖怪，不如說他是一個科學怪人，是通過人類的科學實驗錯誤製造出來的怪異生物。他手下的眾鬼也如是。《鬼滅》不是神怪漫畫，而是科幻作品。

　　最終對付無慘的方法，也是科學。棄惡向善的女鬼珠世採集鬼的血液，在實驗室中苦心研究出消滅無慘的藥物。無慘之所以被打敗，並不是由於劍士們的圍攻，而是因為他中了珠世的毒，而無法成功自我分裂。鬼始於科學，也終於科學。（順帶一提，無慘死前化為一個巨嬰模樣的怪物，讓我想起《阿基拉》中鐵雄因為超能力失控而變成的樣子。我猜想吾峠呼世晴在這裏是想向大友克洋致意。）

　　伴隨着科學的是人文主義精神，也即是對人的價值和能力的絕對推崇。鬼代表的不是超自然的惡，或者外在的邪神，而是人類本身內在的負面因子。這些負面因子最終也會為正面因子所克服。鬼們不止一次嘲笑人類，說自己幾百年來作了那麼多惡事，也沒有受到神佛的懲罰，可見世界上並不存在主持正義的天德。一切都是世俗的實力的比拼。鬼殺隊也同樣堅信，消滅鬼這股邪惡力量，不能依賴神力和報應，而是要靠人自己

的一雙手。《鬼滅》的思想是徹頭徹尾地人本的。

更為人文主義的是，漫畫呈現出人的內在複雜性，也即是善惡的自我鬥爭。作者不但相信善的終極勝利，也對惡表示寬恕和憐憫。之前說過，鬼本來都是人，是由人變成的。除了始祖鬼無慘，其他鬼都有自己的悲慘過去。沒有人一開始就想當鬼的，很多時是因為被迫得走投無路，成為社會的受壓者、零餘者、失敗者，才變成鬼作出報復。這些鬼縱使後來作惡多端，但在臨死前自道身世時，都令人流下同情的熱淚。

也有另一種情況，有人是因為想變強而當上鬼。這通常發生在高級劍士身上，因為不甘心武藝高強的自己會衰老和死亡，也不甘心因為肉身的局限而打不過鬼，所以便抵受不住無慘的誘惑，投身成為他的手下。十二鬼月之首上弦之壹黑死牟，本來就是最強劍士繼國緣壹的哥哥，使用月之呼吸的劍士。他因為嫉妒弟弟的武術天賦，而決心成為鬼。上弦之叁猗窩座和炎柱煉獄杏壽郎大戰之時，因為欣賞對方的劍術，亦多次試圖說服對方放棄人類的肉身，加入自己的陣營。杏壽郎堅決拒絕，力戰而亡。

關於人鬼之辨，《鬼滅》有一個非常有意思的設置。幾乎所有的柱（以至於鬼殺隊的大部分成員），都是社會上的棄兒或者邊緣人。（炎柱為劍士世家，是少數例外。）他們不是被鬼殺害者的後代，就是在童年受盡欺凌、排斥和折磨的人，都是被正常社會所摒棄者。以這樣的背景，他們理應充滿怨恨而成為

鬼，向世間報復。但是，這些單純的年輕人卻義無反顧地選擇
成為保護人間、清除惡魔的劍士。並不是說他們是聖人，他們
很多都有性格上的缺憾，但他們卻能保持精神上的純潔。（唯一
性格接近完美無瑕的是炭治郎，但他也不是聖人，而是赤子。）

　　所以說《鬼滅之刃》雖然動用了豐富的日本傳統文化資
源，但它的世界觀其實是源自現代西方的人文主義和科學精
神。大正時期的指標在這裏發生作用。

　　精神分析師河合隼雄曾經就日本的神話、傳說、物語和民
間故事作出分析，梳理出「日本人的心」，也即是日本人的精
神結構——中空結構。關於中空結構，我們留待另文再說，但
《鬼滅》在各方面都不符合這種傳統精神結構，很明顯是西方現
代文明孕育出來的產物。但是，這也不妨礙我們按照河合的方
法，通過這部作品去解讀當代的「日本人的心」。神話並不一定
是遠古的先祖故事。任何一個時代，都需要建立自身的神話。
《鬼滅之刃》無疑就是這樣的一個處於有意識和無意識之間的神
話建構裝置。

半英雄與中心的無

　　《鬼滅之刃》表面上是一個典型的英雄故事——主角炭治郎的一家被鬼殺死，妹妹禰豆子亦被變成鬼，為了把妹妹變回人類和消滅鬼這種惡魔，炭治郎成為鬼殺隊的成員，苦練劍術，不斷提升自己的能力，克服一個又一個難關，最後成功救回妹妹和消滅鬼王。作為現代漫畫，《鬼滅》受到西方英雄模式影響不足為奇，但是，作為與傳統有着深厚連結的文化產物，這部作品同時保存了「日本人的心靈」的特徵。炭治郎其實是一個「半英雄」。

　　據精神分析師河合隼雄的研究，日本神話和民間故事裏沒有西方式的英雄。他以「浦島太郎」為例，說明兩者的不同。當漁夫的男主人翁救了一隻海龜，後來被邀請到龍宮遊玩，在那裏遇到老人（龍王）和漂亮的仙女（乙姬）。他在那裏住了三年便回家去，但卻發現地上的世界已經過了三百年。他忍不住打開乙姬給他的一個玉盒，結果立即變老而死去。這個故事既沒有打敗怪物，也沒有娶公主為妻的西方英雄故事模式，相反，卻好像什麼都沒有發生。河合把這種「什麼都沒有發生」的特質，視為日本傳統精神中的「空無」。他舉出了許多其他例子去證明這一點——日本人的意識中沒有英雄。

　　有人可能會反駁說，日本神話中的素盞嗚尊不是殺掉八頭蛇，娶了地上的國之神的女兒為妻嗎？但是河合認為，素盞嗚尊的形象其實更像西方的 trickster，帶有小丑使詐的味道。事實上「空無」的特質和所謂的「中空結構」是同一回事。創造神伊邪那岐所生的「三貴子」天照大神、月讀命和素盞嗚尊之中，前者成為日本的主神，而且是女性，後者因為不敬之罪被逐下人間，做了些功業之後又轉到地府去，而居中位的月讀命，卻什麼都沒有做！但這個什麼都沒有做的中位者，卻不是多餘的，因為他作為「空無」支撐和調和着母性和父性的對位結構。

　　河合引述榮格派分析家諾伊曼關於西方意識發展史的理論，指出從希臘神話到後來西方的民間故事，英雄的出現代表跟母權的切割以及跟父權的鬥爭，從而確立新的獨立的自我，但男性的自我最後必須以跟女性結婚來補足母性的缺失。這種英雄模式是男性本位的。與之相反，日本人的意識是女性本位的，並不見諸線性的階段發展，而是多種位置包容並存的。他以中空的循環的圓為這種意識的圖式。

　　用上述難免簡化的理論來看《鬼滅之刃》，會發現在表面的西方英雄模式底下，其實存在傳統日本式的核心。在「無限列車」之戰中，下弦之壹魘夢利用血鬼術，令炎柱煉獄杏壽郎和炭治郎等人昏睡，然後派人潛進他們的夢中，尋找他們的「精神核心」並加以毀滅。這一章關於夢和意識的設置非常精彩。他們在夢中見到自己生命中最重要的情景，杏壽郎見到自己從

炎柱的位置退下來、變得意志消沉的父親，炭治郎見到自己的母親和弟妹們一家完整無缺，善逸見到他狂戀的禰豆子，而伊之助則以首領的姿態帶領其他人在山洞裏探險。

　　這些場景很明顯是各人的願望或心結的顯現，不足為奇。更有趣的是存在於無意識領域中的所謂「精神核心」。杏壽郎的無意識領域燃燒着火焰，精神核心是紅色的球體。善逸的無意識領域一片黑暗，而伊之助則是一個狹窄的山洞，兩人的精神核心都沒有被找到，因為他們「本人」竟然在無意識領域出現，據說是因為自我太強所致。與這種「自我中心」的形態相反，炭治郎的無意識是一片開闊、澄明、平靜、優美的天地，也即是一片「空無」。唯一的事物是一些發光的小人，而精神核心是遠在天上的太陽一樣的球體。作為故事的主角，炭治郎不但和起始呼吸「日之呼吸」有關，而且還和日本傳統精神象徵天照大神（太陽）有關。「英雄」炭治郎的無意識是「中空」的，代表着包容、無限、空虛。後來炭治郎之所以能打敗強大的上弦之叁猗窩座，就是因為他能消除自己身上的殺氣，成為「空無」，令對手無法觀測他的攻擊。而和炭治郎產生特別呼應的其中一個柱，比他還年輕的時透無一郎，也透露出「無」的巨大威力。炭治郎作為「半英雄」，在斬妖除魔之時，對鬼也帶着同情和慈悲。

　　關於英雄最後要結婚這一點，《鬼滅》以「後話」的方式作出暗示。從眾人的子孫的外貌猜測，炭治郎的結婚對象是栗花落香奈乎（蝴蝶忍的「繼子」）。她本來是個無法作決定的人，

與炭治郎明確而堅定的意志成對比。懦弱怕死的我妻善逸娶了
他的夢中情人禰豆子。炭治郎和禰豆子的兄妹情本來有強烈的
戀人意味，但這神話式的暗示最後被消隱。有趣的是，兩段婚
姻都是性格上的互補配對。

　　《鬼滅》的結局給人一種「什麼都沒有發生」的感覺。經過
千年的戰鬥，人類終於把鬼消滅了，但是，正如我之前說過，
鬼原本是無中生有的科學怪人，而不是超自然的本質存在。鬼
雖然凶殘，禍患也很深，但正常的社會還是繼續運作，絲毫沒
有被動搖。鬼殺隊是不為國家所承認，甚至不為常人所知的秘
密組織。他們的功績沒有得到人間的認可，只靠一本連後代也
不相信的《善逸傳》留傳下來，甚至被子孫取笑是曾祖父的自
我吹噓。人鬼之戰好像發生在一個異空間中，或者是在現實之
外的意識世界裏。把違反自然的鬼消滅，人類並沒有進展到另
一個層次，而不過是回復到本來的自然狀態。這又是一個中空
的圓。

鬼滅是女性漫畫

說《鬼滅之刃》是女性漫畫，指的並不是作者是女性。事實上這位神秘的漫畫家從未以真面目示人，只是一直被傳言是女生而已。漫畫所呈現的女性意識，跟作者的生理性別沒有直接關係，所以萬一有一天吾峠呼世晴以男兒身跑出來與讀者相見，也不會影響我在這裏的判斷。

以人物的實際比例來說，女性在《鬼滅》中還是佔少數，而且並非處於中心位置。最重要的女性人物是炭治郎的妹妹禰豆子，但她已經鬼化，幾乎不能說話，大部分時間要躲藏起來。柱中只有蟲柱蝴蝶忍和戀柱甘露寺蜜璃是女性，新人中比較有能力的女性則只有蝴蝶忍的「繼子」栗花落香奈乎。另外一個強大女性是從良的女鬼珠世，是最後殺死無慘的關鍵人物。雖然在人物上明明是男性佔優，但整部漫畫卻散發着濃重的女性氣息。

我們暫且從最表面的觀察入手。《鬼滅》的畫風是少女漫畫，連裏面的男性人物多少都有點女兒氣。以少女漫畫風格去處理以男性人物為主的打鬥題材，造成了一種剛柔相濟的效果。這種陰陽不分的特質，特別見諸其中兩個人物身上。少年三人組中的嘴平伊之助，喜歡戴着野豬頭套，赤裸上身，行為

粗野，本來可謂剛中之剛，但脫了面具原來有着美女一樣的俊俏臉孔。鬼王鬼舞辻無慘，堪稱邪惡之最，力量冠絕人鬼，但卻常常以一派陰柔的紳士裝束出現，臉孔尖削、身材修長。他甚至曾變身為妖豔的女人，完全超越性別的限制。

男變女身的例子，最有趣的莫過於「遊廓之戰」中，音柱宇髓天元要少年三人組（炭治郎、我妻善逸、嘴平伊之助）扮作女生混入吉原妓院，刺探鬼的行蹤。他們居然沒有被拆穿，真的被當作女孩子看待。雖然這個情節設計主要是為了搞笑，但他們身上的女性氣質，絕對是不能排除的成分。在這一節也出現了唯一的女性上弦鬼墮姬，以吉原花魁的姿態出場。再加上宇髓天元的三個忍者老婆，形成了一場華麗多姿的女性大戰。

不過，上面所說的都只是表面因素。要說「女性意識」，還是要回到河合隼雄的精神分析，而這跟上次談的「空無」或「中空結構」有密切關係。在分析日本民間故事「黃鶯之居」的時候，他這樣說：「西方的自我是由唯一絕對神所支撐，以男性形象表達，而日本的自我則是以『空無』作為代表，也可以說是一種沒有自我的狀態。」當他主張以「女性的眼光」去理解日本的民間故事，則說：「可以說沒有比日本人的自我是以女性形象來表達更好的解釋方法。日本的社會制度是非常強權的父權制度，這讓人們在許多時候不得不閉上這所謂的女性的眼光。但是對於民間故事來說，因為其具有心理補償的作用，所以正是英雌們自由活躍的舞台。這代表的不是女性的心理，而是日本人男女全體的心理。」他又說：「女性意識指的並不是女

性特有的意識，也不是女性所擁有的意識。這代表着不分男女所擁有的一種自我＝意識。」

如果日本人的自我是「空無」，而日本人的意識是「女性意識」，那麼「空無＝女性」便是日本人心靈的正確描述。我在《鬼滅之刃》中感受到的女性意識，就是這樣的一回事。它表面上是一個西式的男性自我確立的英雄故事，內裏卻蘊含着東方的包容一切的女性的無。所以它那「打敗敵人，從此幸福快樂地生活下去」的結局，不是普通的天真樂觀（甚至膚淺）的大團圓，而同時包含了傳統的包容和調和。

我很懷疑漫畫作者是不是讀過河合隼雄，還是日本傳統精神真是強到這樣不謀而合的地步。河合在經典著作《日本人的傳說與心靈》中，壓軸討論「燒炭富翁」的故事，並視之為日本民間故事女性意識的顛峰和集大成。在這個故事中，被丈夫嫌棄的妻子主動離婚，又主動選擇了貧窮的燒炭五郎作為自己的真命丈夫，結果後者在妻子的幫助下成為富翁。前夫淪落之後前來行乞，妻子還好好接待他，但他自己卻受不住屈辱而自殺。河合認為這個故事表現出女性積極的行動力、看破男性本質的智慧，以及包容男性的寬度。這種包容不是母權，而是「女性意識」。

令我驚訝的是故事當中「燒炭」所代表的意義。河合引用民俗學家柳田國男的分析說：「從今天的角度看燒炭，也許會覺得這是一種卑賤的職業，但是在古時則完全不是這樣。這種

能夠打造比石頭還堅硬的金屬、自由變化其造型的能力，是一般百姓所無法企及的。能夠有這種力量的第一種人是踩風箱的人，第二種就是將樹木焚燒為炭的人。最初知道這個方法而流傳下來的人因此被奉為神明，因此就可以知道這種職業在當時的地位。」

竈門炭治郎的家族為燒炭人和賣炭人，原來有這樣古老而高貴的淵源。燒炭一方面跟大自然的日光和樹木息息相關，另一方面又跟人為的煉鋼及鑄刀密切相連。所以他從父親那裏繼承了「火神神樂」的舞蹈，也即是起始呼吸「日之呼吸」的方法，成為了一個執刀的劍士，全部都有意義上的連繫。如果我們接受河合隼雄的說法，把「燒炭富翁」視為日本女性意識的結晶，那從「燒炭」意象一脈相承下來的《鬼滅》故事，也就和傳統的日本女性精神接軌了。「火神神樂」和「日之呼吸」縱使是竈門家的男性代代相傳的心法，卻同時是女性的心法。要知道在日本，太陽神天照大神是一位女性。日之呼吸，是女性的呼吸。

自己的神話

　　一般談到神話，都會認為是屬於遠古過去的東西，是人類對世界未具備科學知識之前，以想像的方式去對自然現象作出的解釋。雖然從科學的角度，許多神話都顯得相當幼稚和不合理，但是，它們卻在人類社會形成的過程中，扮演着不可或缺的角色。人類透過神話建構自己的世界觀，而這些世界觀把不同的族群凝聚起來，成為共同體。日本哲學家中村二雄認為，「神話的認知的基礎，來自我們根源性的欲求——我們希望周遭的事物，以及由這些事物所構成的世界，從宇宙論的觀點來看，具有濃密的意義。」

　　不過，神話的世代似乎已經過去。一方面古老的神話被新興的宗教取代，變成更有系統和權威的體系。另一方面，到了近世理性主義的興起，講求整全性的神話知識被主張分割的科學知識所取代。所謂科學知識，就是觀察者將研究的對象和自己切割開來，以客觀的態度觀察，試圖從中發現因果法則。由此發現的法則具有與該個人無關的普遍性。精神分析師河合隼雄認為，這就是現代人普遍患上精神疾病的原因。他把這種病態稱為「喪失關係症候群」，也即是說，人與人之間失去精神上的連結，成為了孤立無援的個體。

作為精神分析師和心理治療師的河合隼雄，自上世紀八十年代開始，致力於日本神話和傳說的研究，為的就是向傳統故事形式借鑑，為現代人提供重建神話知識的方法。但是，在已經不再處於神話世代的今天，所謂重建神話，甚至是建立個人的神話，究竟是什麼意思？對於神話學的研究者來說，神話並不是過去的事物，不是古老的敘事形式，而是內藏於人類意識中的一種欲求，甚至是一種機制。精神分析大師榮格常常這樣自我探問：「你靠着什麼樣的神話活下來？你的神話又是什麼？」而美國神話學家坎伯則說：「每個人都必須找出有關自己生活的、神話的面相。」

其實在現代依然存在集體的神話，例如某些宗教或靈性狂熱主義，甚至是廣義的政治意識形態。這些群體共有的神話，跟古代神話一樣，對個人的生存意義提出保證和支持，但代價卻是壓抑和犧牲了個人的自由和自主。河合隼雄等人提倡的，當然不是這種現代神話。他希望恢復的，是個體內在自發的神話。他引用心理學家艾倫伯格的理論，提出人類無意識當中，存在「神話產生機能」。這種機能是「意識閾下的自我『中心領域』，內在的浪漫恆常在這個領域進行不可思議的創作。在這個概念當中，無意識恆常參與故事及神話的創造。這樣的運作有時會停留在無意識中，有時只會出現在夢裏，偶爾也會成為在患者的心理背景下自然發生、發展的白日夢。而這樣的創作，也有時會以夢遊、催眠、附身、靈媒的通靈狀態、病態說謊或是部分的妄想形態表現出來。」

從上面的引述可見，神話產生機能和某些一般被認為可疑或危險的事物有密切關係。但是，從精神分析和心理治療的角度，妄想和白日夢等症狀也具有意義，必須予以尊重，而不應輕易排斥。這也意味着，個人的神話建構可以帶有某種危險性，所以心理治療師必須具備高度的倫理操守，對患者進行引導時也須小心謹慎。雖然如此，現代人通過找出「自己的神話」來自我支持，是對治科學認知模式所造成的割裂和孤立的根本方法。

　　那麼，為什麼尋找「個人的神話」可以對治「喪失關係症候群」？那是因為，人類的無意識是普遍的、共通的，所以雖然是個人神話，但卻具有與普遍的故事產生連結的功能。所謂尋找「自己的神話」，其實就是通過探索自己的無意識，而建構屬於自己的故事。也即是從社會或集體的大故事抽身出來，創造出具有主體性和獨特性的故事。有趣的是，這個運作方式其實跟古代神話是相反的。古代神話不是由個人所創，而是徹頭徹尾的集體的產物，但卻蘊含和呈現出個體的無意識。相反，今天集體的故事卻再沒法提供豐富的意義，而是令意義變得貧乏，因為這些故事已經不是從人類整全的無意識出發，而是建基於分割、排斥和操控的制度。要重新找到豐富和整全的意義，必須回歸內在的無意識。

　　回到具體的日本神話和傳說的分析，河合隼雄用了「女性意識」去形容日本人的心靈。這是相對於西方文化的「男性意識」而言的。根據諾伊曼的《意識的起源與歷史》，西方神話以

至於近代意識，都是朝向「自我」的確立。就像西方傳統的男性英雄人物一樣，他們必須離開母親，對抗父親，經歷一系列考驗和磨練，斬妖除魔，克服難關，然後取得獨立。河合把這種自我確立稱為「男性意識」。與之相反，「女性意識」則追求融合和包容。而日本神話和傳說中，幾乎沒有西方式的英雄，卻往往以女性為中心，追求人與自然的結合。

河合亦強調，「男性意識」並不只適用於男性，而包含男性女性在內，而「女性意識」亦一樣，所指的並不是生理上的性別，而是無意識的形象化。也可以說，無論是政治、社會、經濟、文化或知識方面，現代制度本身就是源自西方的「男性意識」，所以，要在這樣的集體大故事底下，尋找個人的「自己的故事」或「自己的神話」，似乎也必須朝向「女性意識」方面發掘。再說一次，這個「女性意識」不只是屬於女性的，也是屬於男性的。這很可能是「自己的神話」的特別屬性。

「香港字」傳奇

　　當我寫這篇稿的時候，只要輕鬆地在鍵盤上按動，文字便在電腦屏幕上出現。如果打錯了，或者想修改，也立即可以刪除和重寫。想改變字體和排版方式，可以在軟件工作列中選取，三兩下就搞定，隨時也可以改回來。想列印出來，只要連接家中的打印機，立即就可以印出一份高質素的文件。交稿也只需通過電子郵件，把文檔連同圖片傳到編輯部。而編輯部照樣也只需通過簡便的程序，便可以排印雜誌。

　　我們現在熟悉的編印程序，一切是那麼的理所當然。年輕一代對於現代印刷是如何一步一步走來，已經沒有什麼概念。我念中學的時候編輯學生刊物，經歷過要親手剪貼咪紙（把植字出來的字樣剪成需要的段或行，在紙版面上編排好，再用一種可撕下重貼的膠水貼上）、睇藍紙（付印前的最後校對）的工序。但是那已經是進入柯式印刷的時代了，撿活字排印（俗稱「執字粒」）卻沒有親眼見過。事實上活字印刷一直進行到本世紀初，但大都限於小型店舖的形式，而近十年已幾乎完全被淘汰。

　　在柯式印刷出現之前，大部分的文字出版物都是靠活字印刷的。試想想一份報紙，當中需要用上的活字數以千萬計，

每天出報紙前，排版工人是如何通宵達旦地逐粒撿字和排字。跟我們現在按兩三個鍵就打出一個中文字，耗費的精力差多少倍！不過，與活字排版出現之前相比，也即是十九世紀中葉之前，大部分中文出版物都以木刻雕版製作，活字印刷的效率和靈活度又大大超前。我這篇文章寫到這裏，只不過是花了幾分鐘，但對一個古代中國木刻師傅來說，同樣的文字可能要用上好幾天，而對早期的活字師傅來說，很可能要用上好幾小時吧。

　　想了解中文活版和活字印刷的歷史，我推薦大家去參觀香港文化博物館正舉行的展覽「字裏圖間——香港印藝傳奇」（編按：展覽日期為二〇二〇年十月七日至二〇二一年七月二十六日）。故事的開端在十九世紀初，西方基督教傳教士來華，因為滿清政府的禁令，無法直接進入內地傳教，便寄望可以通過印發中文聖經和傳教書籍，把信仰傳播給華人。這方面的開創者是一八〇七年來華的倫敦傳道會的馬禮遜。但馬禮遜採用的方法主要是中國傳統的木刻印刷，但也開始嘗試逐字雕刻的活字印刷。一八三三年傳教士戴爾（又譯台約爾）在倫敦會馬六甲傳教站開始製作中文活字的鋼字範（punch）和銅字模（matrix），再鑄成鉛活字（type），正式開展了西式中文活字的生產。一八四三年，戴爾出師未捷身先死，未完成的工作隨着馬六甲英華書院遷至初開埠的香港，由新加盟的印工柯理繼承。至一八五一年，大小兩副活字初步完成，至一八六〇年代增補至完全可用的程度，用來印刷了英華書院校長理雅各翻譯的《中國經典》和德國漢學家羅存德的《英華字典》。這些極具

歷史價值的珍本都可以在展覽中看到。

英華書院的活字甚至可以翻鑄出售，顧客除了其他在華傳道會和印刷所，還包括清政府部門和外國機構。英華活字被譽為當時最完美的一副中文活字，受到各方面的高度讚賞。根據中國近代印刷史專家蘇精的《鑄以代刻——傳教士與中文印刷變局》所載，在一八六〇年代美國長老會傳教士的英文書信中，以香港活字、柏林活字、巴黎活字、上海活字等來稱呼當時可用的幾套活字（type）。至於中文文獻中，香港印刷業商會在一九四〇年出版的《印刷藝術》第五期，有一篇短文提及「香港字」這個稱呼。再早一點，在一九三一年紀念商務印書館成立三十五周年的文集《最近三十五年之中國教育》裏，有一篇題為〈三十五年來中國之印刷術〉的文章，裏面也談到英華活字，說「因其製於香港，故又稱之謂『香港字』。」

「字裏圖間」展覽最具「傳奇性」的地方，是尋找「香港字」下落的歷程。據策展人香港版畫工作室的翁秀梅所說，在二〇一八年中，她突然收到一封從荷蘭寄來的電郵，來信者是韋斯特贊鑄字工房基金會的 Ronald Steur 先生。他表示正在尋找一批十九世紀中葉賣給荷蘭政府的香港中文活字的下落。二〇一九年夏天，Steur 先生在荷蘭萊登國家民族學博物館的倉庫裏，發現了一批由一八六〇年「香港字」翻鑄成的鉛模。版畫工作室派員親自到荷蘭，和韋斯特贊鑄字工房一起進行重鑄「香港字」的工作，終於在今年七月完成首批七十三枚的「香港字」。這些經歷了一百六十年再重現人間的鉛字，大家可以在展

覽中見到。閃閃發亮的新鑄鉛字，不但印刻着「香港字」的前
世今生，還把整個香港歷史鎔鑄其中。

　　隨着一八六〇年代由美國長老會設立於上海的美華書館
的冒起，陸續購入、改良和自行製造了六種中文活字，香港英
華書院作為活字供應者的地位被超越。美華書館出售的中文活
字當中，有兩副其實是複製自英華書院活字的，包括一號來自
戴爾活字、四號來自香港活字。用今天的說法，就是「老翻」
了。但是這種做法在當時不受法律約束，所以也無可奈何。而
美華書館的主管姜別利，也不是個只懂抄襲的人。他為中文活
字印刷帶來了很多創新，例如以木刻活字經電鍍技術翻製成銅
模以鑄鉛字（上海字），大大簡化了活字製作的工序，另外就是
電鍍版的應用和活字架的編排，都有力地推進了西方印刷技術
在華的發展。到了十九世紀末，中國傳統木刻全面被西式活字
取代，不但印刷史，連中文閱讀史也進入了新紀元。

古騰堡的學徒

　　大型報紙和雜誌在上世紀七、八十年代，早就以柯式印刷取代活版印刷。至於主打印刷帳單、表格、名片之類的小型印刷品的小店舖，到了二千年之後也都紛紛結業了。大部分機器當作廢鐵賣掉，只有極少數被有心人保存下來。香港版畫工作室便接收了其中兩部印刷機，以及兩套活字。工作室成員黃洛尹向退休的老師傅學藝，是現在香港少數懂得操作活版印刷機的年輕一代。跟上一代不同的是，現在機器和活字已經不會用來印刷實用性的產品，而是變成了設計創作的媒介，印製以活字構圖的作品。也有人利用活字排版來寫詩，把實體和製作的特性帶進文藝創作的過程中。更常見的是作為一種保育活動，以工作坊的形式向年輕人介紹已經失傳的工藝。

　　不過，活版印刷的重生也不只限於演變為視覺藝術，或者製作趣味性的小玩意，也有人嘗試把它當成可持續的創意事業。由 Donna Chan 和 Nicole Chan 兩姊妹合作開辦的 Ditto Ditto，是十分成功的活版印刷文具生產者。店子開業至今已有九年，業務穩健發展。姊姊 Donna 負責經營管理，妹妹 Nicole 負責設計、繪圖和製作。最初的時候由無到有，自行從美國訂購機器，四處找師傅請教，經過不斷實驗和嘗試，現在的產品都達到專業水準。在「字裏圖間」展覽裏，我們可以看 Ditto

Ditto 的作品展示，可知活版印刷除了蘊含無限創作空間，也仍然可以是實際可用的技術。聽說一些大型印刷廠也開始重新提供活版印刷服務，作為富有特色的 sideline。

我拜訪過 Ditto Ditto 位於黃竹坑的工作室，受到陳氏姊妹的熱情招待。工作室地方不大，適度的擠迫和零亂更添溫暖。在狹窄的印刷房裏待着兩部海德堡風喉照鏡機，在工作人員的示範之下溫柔地運轉。Nicole 在美國念藝術出身，技巧紮實，既有藝術家的熱情和創造力，又有工藝人的耐心和專注力，最適合運用活版印刷這種帶有高度物質條件限制的形式。她坦言在身為創作者和製作者之間，經常出現矛盾。前者追求創意而後者講究實際。但正正是這雙重性或者內在衝突，迫出了活版印刷的可能性。印刷機是商業生產工具，但它也是人類創意和工藝的結晶。

Nicole 向我介紹了一本叫做《古騰堡的學徒》的小說，作者艾禮思・克莉斯蒂（Alix Christie）是一名記者和印刷師。（我後來才知道在美國原來不少人自行學習印藝，並且在家中擁有印刷機。）古騰堡被公認為西方活字和活版印刷的發明者，這個技術創新令書本印刷和知識傳播不再被教會和少數權力精英所壟斷，為歐洲甚至是全世界帶來翻天覆地的變化。但是，後世對古騰堡的生平所知甚少，對發明活版印刷術的過程和細節也無從追溯。克莉斯蒂雖然做過大量資料蒐集和研究，但《古騰堡的學徒》的情節大部分都是出於虛構。在她的想像中，古騰堡只是活字和活版印刷的初步意念提供者，以及整件事的

促進者，真正關鍵性的技術發明，其實來自他的徒弟彼得·薛佛。彼得本來是一個抄寫員，在當時是一個神聖而受到尊敬的職業，但他被養父法斯特從巴黎召回美因茲（Mainz），加入古騰堡的工坊為學徒。法斯特看準古騰堡的印刷計劃大有前途，投資了巨額款項，但又擔心古騰堡作出欺詐，所以把養子安插其中。彼得從萬不情願成為古騰堡的學徒開始，到他明白到師傅的偉大創意，並且成為印刷術的改進者和工坊的領導者，最終完成了石破天驚的聖經印刷。

《古騰堡的學徒》的小說技巧不算出色，為了增加戲劇性，作者把古騰堡刻畫成性格古怪暴躁的天才型人物，而投資者法斯特則是個講求實際利益、工於心計的商人。夾在兩者之間的是性格單純、心思敏銳的年輕小子彼德。環繞着這些稍微刻板的人物，產生出性格和取向上的衝突，再加上城市商會和教會之間的對立和鬥爭，營造出一個充滿變化和危機的時代。作者對活版印刷的研發過程描寫得相當仔細，對十五世紀歐洲社會的刻畫也具體入微。我覺得最有意思的是，從手寫到印刷之間的轉變所帶來的觀念衝擊。聖經和宗教著作的抄寫，原本是書本製作的唯一手段，被理解為聖靈通過人的身體和技藝形諸文字，帶有獨一無二的意義。相反，利用完全一致的活字、工整的排版和機械的方式大量複製的技術，被保守人士視為褻瀆神明的行為和邪惡的魔法。這說明了技術的創新必然同時帶來思想的解放。科技史並不單純是物質層面的事情。所謂的精神世界，其實由技術所塑造。

古騰堡聖經（Gutenberg Bible）當時總共印了一百八十部，現今流傳在世的有四十八部，其中由大英國書館收藏的兩部可供網上自由閱覽。據可考的史實，在聖經印刷一舉成功後，法斯特和古騰堡因為財務糾紛對簿公堂，結果前者勝訴，獲得工場的控制權。法斯特和彼得在印刷業和出版業大展拳腳，把新技術發揚光大。古騰堡雖然人財兩空，但卻贏得活字印刷術發明者的稱號，留名後世。可以說，自此以後，所有從事印刷工作的職人和業餘愛好者，都是古騰堡的學徒。

人機情未了

　　台灣有一家日星鑄字行，是在全台碩果僅存的鉛字鑄造公司，老闆張介冠先生近年致力於保育和推廣活字鑄造和印刷，以及開發自家字體的電腦軟件，在資金和人才短缺的情況下，艱苦經營。和香港一樣，台灣也有不少被活字的獨特魅力吸引的年輕人，但是真正要令活字印刷起死回生，只是把它當作興趣是不夠的。它必須轉化為新的創意產業才能生存下去。

　　在美國，活字印刷雖然同樣面對被市場淘汰的命運，但處境卻比香港和台灣好很多。有一部很值得看的紀錄片，叫做 *Pressing On*，拍攝的是近十年美國活字和活版印刷的保育情形，網上可以付費收看。現代印刷術雖然發源於歐洲，但進入二十世紀，美國成為世界上的印刷大國，在技術和規模上都是走在最前端的。所以電腦化對於傳統印刷術的影響，在美國也最為明顯。但是，美國社會很有趣，在最先進的同時，它也有很老派和傳統的一面。到了今天，依然有一批為數不多但意志堅決的前輩印刷師傅和老闆，努力保存着老舊的機器和手藝。

　　Pressing On 訪問了多位年過七、八十的老師傅、印藝愛好者和收藏家。他們都熱情地深愛着這門技術，對舊機器簡直就像對待至親一樣。有的師傅退休後守着自家的機器、工具和

鉛字，繼續製作印刷品。有的四處搜尋和拯救被人丟棄的舊機器，加以維修，讓它們處於工作狀態，準備隨時交付給有心人。有一位師傅私人收留了五十部印刷機，另一位擁有幾十部照鏡機的（platen press）開了一間私人博物館。他們都很樂意和人分享他們的經驗，耐心地教導有意學習印刷的新人。有一對年輕夫婦本來對印刷毫無認識，有一天妻子忽發奇想，買了一台舊印刷機回家，想嘗試自己印東西，結果一發不可收拾。夫婦醉心於業餘印刷，更甚於自己的本職，通宵達旦在所不惜，更加四出拯救舊機器，見一部買一部，堆滿了自家的車房。聽他們談自己收藏的機器，每一部的型號和年份，如數家珍，雙眼閃閃發亮。每逢周日，兩人到市集上擺攤，售賣自家印刷的紙藝品，為的當然不是錢，而是那份滿足感。

紀錄片中多人都不約而同提到，他們要做的並不只是收藏，甚至不是保育，而是讓這些機器繼續可用。他們一致反對以博物館的形式來保存印刷業用品。機器是製造來使用的，不是用來收藏的。不使用的機器，就失去了它存在的意義。而使用機器的，是經年累月磨練出一身好手藝的師傅。師傅們對機器的感情，也同時是對自身技藝的自豪。要成為一個 master printer 不是一件簡單的事情。首先是從打雜做起，整天只是拿着掃把負責清理，以及處理那個稱為 hell box 的字箱，也即是收集印完拆版的活字的盒子。盒中的活字亂作一團，要把它們逐一分辨，然後在字架上歸位，是沒有人願意做的可怕工作。過了這個階段，才被正式收為 apprentice，可以接觸印刷機。接着成為正式的 journeryman，印刷廠的 partner，最後成為 owner，

整個過程超過二十年。所以當柯式印刷和電腦相繼出現，很多老師傅都心有不甘。自己以畢生努力鍛煉出來的技藝，居然被一個小盒子輕輕鬆鬆地取代了。這的確是個巨大的打擊。

我們回想十五世紀古騰堡發明活字印刷的時候，同樣的範式轉換早已經發生過一次。經過千錘百煉並且自詡為神的中介的抄寫員，曾幾何時是所有書本生產的命脈，但幾乎一眨眼，就被冷冰冰的、毫無神性、人性和藝術性的印刷機所取代。當時的抄書人也肯定曾經發出憤怒和無奈的呼號吧。有趣的是，曾經被認為是沒有技藝成分的活字印刷，後來又發展成一種技藝，並且因為被新的科技所淘汰而忿忿不平。可見運用機器並不等於去除技藝。真正非人化的並不是機器本身，而是運用機器的模式。直至上世紀下半，小型工業依然是一種講究技藝的生產模式，裏面有極為人性化和感性化的人機關係。真正非人化的，是大型工廠細微分工的模式，也即是非技術化的工種。在當中每個工人也只是一枚隨時可以被替換的零件。

舊手藝被新手藝取代，似乎是歷史中的必然，但無論新舊依然是跟個人分不開的手藝。我不知道電腦化是不是對手藝致命的最後一擊。在我們的時代，還有電腦運用的大師嗎？有 master computer user 嗎？現在精進於科技運用的會被稱為專家，但大師傅的稱號已經消失了。*Pressing On* 當中一位師傅說，他們的機器有些已經有上百年歷史，但依然運作良好。這些機器是設計來永遠使用的，只要適當保養，就算每天不斷使用，也不會壞掉。相反，電腦時代的產品不斷推陳出新，本身

就是設計來被取代的。無論軟體還是硬體，預設壽命都不會超過兩年。這的確是一個翻天覆地的觀念轉變。

影片帶給我一個意想不到的啟示，那就是保育或延續機械工藝的關鍵，不是熱情和金錢（那些舊機器被當成廢鐵賣出，十分便宜，甚至免費），而是空間。在美國小鎮和鄉郊，普通家庭也擁有地庫和車房。只要你願意，存放十台八台印刷機絕對不是問題。這樣的事情在香港簡直就是天方夜談。買一台小型印刷機不用多少錢，但用來安置它的地方，卻是寸金尺土。這就是活版印刷行業在香港衰落後，機器和鉛字迅速消失的原因吧。

植物教曉我們的

　　插畫家朋友快要生孩子，想我替小女嬰改名字。朋友喜歡大自然，擅於繪畫植物，我便往這方面尋找靈感。書架高處有一套很久前買下的植物書，分別是《詩經植物圖鑑》、《唐詩植物圖鑑》和《楚辭植物圖鑑》。未曾仔細看過，封面已經放到變色。有一段時間我是圖鑑狂，看見圖鑑便忍不住買，儲在書架上以備不時之用。想不到隔了這麼多年，這三本書終於派上用場了。

　　《詩經》和《楚辭》所載的植物品種特別豐富，翻了幾下便抄出了一大堆漂亮的名稱，可以用作女孩子的名字。蕨、蘋（田字草）、薇、葵、荷、芹、荇等，都很好聽，但中間的配字則比較傷腦筋。配「青」字、「綠」字很自然，但有點普通。配「初」字也不錯；「雨」字則有意境。配季節的話，似乎「夏」和「秋」較好；「春」有點土氣，「冬」則似乎太蕭瑟。

　　古詩裏最常配搭植物的字，是「采」字，即是「採摘」。周朝大概還未流行栽種蔬菜，食用的多是水草類，要親自去河邊採摘。採水菜也有階級之分，有所謂「后妃采荇，諸侯夫人采蘩，大夫妻采蘋藻」之說。不知道是跟形態、味道，還是稀有度有關。

　　除此之外，也想過用「青梅」或「紅豆」作名字，背後都有典故，但父母的思想要很放得開。其他如橦、槿、薰、杏、菊都曾在考慮之列。想了大半天，名字夠我寫半打小說。（我是很享受給小說人物改名的。）

　　網上有改名網頁，說什麼「女《詩經》，男《楚辭》」，我卻覺得沒有道理。兩者中能用作男女名字的數量相若，或以適用於女性稍多，但斷沒有《詩經》陰性、《楚辭》陽性的傾向。也建議過朋友用「一葉」，取「一葉知秋」之意，引用日本明治時期傑出小說家樋口一葉，喻其才華過人。不過樋口短命，意頭似不太好，且朋友丈夫覺得「一葉」聽來有點孤獨。

　　說起動植物圖鑑，我家中不止上述三本。台灣貓頭鷹出版的全套二十幾本我有齊。還有的是前港英時期政府編印的一系列香港自然物種圖冊。我翻得最多，用得最勤的，是一九九〇年由市政局出版的《香港樹木彙編》。早年學寫小說，常覺景物描繪過於空泛，對周圍常見的植物缺乏常識。於是便買了這些參考書，時時引用。寫《安卓珍尼》的時候，便提到洋紫荊乃不育的雜交種的特徵，又描寫了春天宮粉羊蹄甲開花的美景。

　　同時期又開始閱讀香港歷史和掌故，參看了葉靈鳳的《香港的失落》、《香港浮沉錄》和《香島滄桑錄》。想不到在香港的歷史、文化和地理之外，他還寫了本《香港方物志》，介紹本地的花鳥蟲魚，以散文的筆觸書寫尤其可親。這些文章一九五三年於報上連載，一九五六年結集出版單行本。去年重新出了彩

圖版，甚為可觀。

香港地方雖小，自然生態卻極具特色，物種也非常豐富。單是蜻蜓品種便超過一百三十種，比全英國的品種加起來超過一倍。樹木除了原生品種，還有很多從外地引入的。如果細看香港早期的歷史照片，可見山區大多是光禿禿的泥石，在政府多年的廣泛植樹之後，才變成今天一片翠綠的樣子。在綠化香港方面，英國人是功不可沒的。

不過，官僚對待樹木的態度有待改善。在公共管理的冰冷邏輯下，樹木只有功能性作用：一是淨化空氣、防風護土等實用價值，一是美化環境。前者固然十分重要，但卻把樹木視為工具，合用則生，不合用則亡。後者是美學問題，或者只是普通的品味或常識。相關部門卻只懂從便利和安全作考慮，令原本漂亮地生長的樹木被修剪得醜陋不堪。只要看看公園和馬路旁的樹木，你會發現大都被扭曲成完全不符合本性的形態。枝椏被不斷過度修剪，導致所有樹木都變成了高瘦的 Y 字，樹幹和樹冠失去了自然的比例。與日本的園藝比較似乎是太高的標準，但香港公共部門的樹藝觸覺真的是慘不忍睹。

尤有甚者就是護樹的意識嚴重不足，動不動就以安全理由把生長多年的老樹砍掉。要知道樹木是生命，不是裝飾品。生命是要受到尊重的。在美加地區，秋天地上佈滿落葉是一種景致，不必立即掃之而後快。要享受開花的美景，就要接受落花的零亂，更不要說爛熟果子的難聞氣味和絮狀種子的四處紛

飛。如果連些許的所謂不便也不願意容忍（其實絕對是自然生態的美妙展現），我們不如把真樹統統都換成金屬和塑膠假樹好了。（想想那可怕的林村許願樹！）

種樹不只種在泥土裏，還要種在心中。文學其實也是一種土壤，可以在上面播種、孕育、發芽、生長、開花和結果。《自由如綠》也許就是這樣的一本書。本來是一個頗為刻意的計劃，由香港文學館和西九文化區自由空間合作，找來二十多位作者，以西九栽植的二十多種植物為對象，創作詩、散文和小說。作者們未必都是植物專家，有些甚至對植物認識不深，但為了寫作都對相關植物作了一番觀察和研究，或者單純的直接感受。由此開啟了連結人和植物的契機。從前輩葉靈鳳的《香港方物志》到今天的《自由如綠》，自然與文學的相應在在說明了，一方文化和水土的根蒂相連。

書本還有姚柱東技藝驚人的工筆插畫，以及石俊言美不勝收的版面設計。植物教曉我們的是生命的美感。

好了，我要繼續想想一個美麗的名字……

我 城 · 我 街 · 我 書

　　街道的確是消失中的事物。曾幾何時，街道是我們生活空間中的一個重要指標。我三十歲之前，會告訴人我住在柏樹街。如果對方不知道柏樹街在哪裏，我會再補充是在旺角和深水埗交界的一條橫街。街名是居住地的中心座標。結婚之後搬到北區，街名變得可有可無。我會告訴人我住在哪個屋苑。你說街名沒有人會知道，自己也沒有街名的意識。街名成為了只有在填寫地址時才用到的資料。（有時為求簡化，甚至連街名都省去，只寫屋苑名稱。）

　　街不是建出來的，更不是規劃出來的。那些在新發展區憑空開闢出來的街道，幾乎都只是功能性的交通管道，沒有任何生活的落腳點。它們不鼓勵人在上面停留和連結。有些街道在市區重建之後還留下原來的名稱，但卻已經面目全非，名存實亡。看看現在的利東街，還可以稱為一條街嗎？所以說，街道的生命是由人活出來的，沒有生命的累積就沒有街道，只有通道。

　　在中國歷史上，街道生活的出現始於宋代。唐代是實行坊市制的，城市劃分為許多以高牆圍繞的「坊」，人們在坊內居住和活動，買賣則在特定的「市」進行。到了宋代，坊市制沒

落，坊牆被拆卸，出現了當街營業的店舖，繁華大街生活的景象才得以出現。看孟元老寫的《東京夢華錄》，北宋首府汴京的街道商戶林立，民間名物應有盡有，可謂有生命的街道生活的源起。古裝片出現主角逛街的場面，如果是在宋代之前，就肯定是亂來的了。

香港早期的歷史照片，最富有趣味的也是街道生活照，幾乎每一幅也蘊含着無盡的故事。看着那些店舖和攤子，那些駐足或行走的人，你會不期然想像他們當時究竟在做什麼，想什麼，從哪裏來，到哪裏去。照片是凝固的，但街道令一切產生流動。試想想如果是現在的大型屋苑外面的街道，除了車子以外什麼都沒有的景象，不要說在照片中，就算在現實中，也是死氣沉沉，沒有任何流動的感覺。當然，商場裏面的商店街還是流動的，但那裏流動的卻又是另一種東西——可能是金錢吧。

小時候住在柏樹街，樓下是大排檔。早上下樓就可以吃白粥油炸鬼，宵夜可以吃雲吞麵。對面是買糧油雜貨的舖頭，轉彎是買餸的街市。還有常去的茶餐廳，每天下午四點去買出爐蛋撻、雞尾包和菠蘿包。放學則到街口文具店買擦膠，到樓下士多買零食。所有這些生活所需，全部在家的一百步範圍以內。現在想來，真有點不可思議。從前的生活空間就是這樣有機地連成一體，而這是沒有經過任何由上而下的規劃的，是自然發展出來的生態。具有這種生態的，才能稱為街道。

舊街保育節節敗退，街道生活也不能刻意打造。保存街道

生活記憶是刻不容緩的事情。在文學的範圍內，書寫街道除了記錄過去、拒絕遺忘，還有想像和創造的作用。物質環境固然塑造了我們的經歷和記憶，主觀的情感和心智也可以反過來塑造環境對人的意義。多麼無味的空間也可以產生富有趣味的故事。對於下一代，可能書寫商場和屋苑會有一番新的景象。但是，對於經歷過街道的一代而言，融合經驗和想像可以展示出物我互動的可能，對將來除了是一個紀錄，也是一種啟發。

香港文學館主編的《我香港·我街道》是個很好的示範。集合五十四位跨世代香港作家，以詩、散文和小說的不同形式，每位自選一條街道進行創作，面貌之繽紛，風格之多樣，成果之豐美，令人目不暇給。書名中標明的「我」字（而且是兩次），是個很鮮明的 statement，感覺上是延續西西《我城》的用法。這個「我」字加一個群組名稱，例如「我國」、「我族」、「我黨」、「我校」，是常見用法，通常帶有群體強於個體的意思。西西的「我城」是個創新，雖着眼於「城」，但主體依然是「我」；初看有陌生感，再讀則愈來愈親切。引申開去，「我區」、「我街」、「我邨」、「我樓」也可以表達自己和一個地域群體的密切關係。問題是這些眾數的「我」如何在特定的空間範疇內連結和互動，但又同時保有自己獨立的個性和行動。「街道」所形成的網絡關係是個極佳的意象。街既是從私人空間到公共空間之間的連接，街與街之間亦相連成網，形成無數的可能動線。眾數的街道書寫，結合了多和一，分與合，零與整。

《我香港·我街道》在台灣出版，也是個值得一提的現象。

這除了是因為本地出版的種種制肘和局限，也同時意味着民間
自生、自給、自足、自在、自為的街道，也是彼岸許多台灣朋
友珍惜和堅持的生活方式。香港和台灣在民風和歷史方面縱有
不同，但對於尊重每一個「我」在群體中的位置，價值觀是相
近的。這本書在台灣反應很好，令人鼓舞。也期待它在香港會
得到更大的共鳴和迴響。

讀 心 術

鯨的演化——
從陸地到海洋，從本土到世界

　　蔣曉薇在台灣是個陌生的名字，但她在香港已不是一個新作者。《秋鯨擱淺》是她的第二本原創小說。第一本是在香港出版的《家‧寶》。後者曾經改編為舞台劇，在香港兩度上演。故事環繞着女主角余家寶的成長，把香港自八十年代起發生的大事串連起來，包括八九民運、九七回歸、〇三年沙士、社區保育運動，最後以二〇一四年的雨傘運動作結。除了政治事件，書中還記述了大量日常生活的集體回憶，好像經典電視劇（《阿信的故事》）、明星（張國榮、梅艷芳）、城市地標（天星碼頭）、生活環境（舊唐樓）等。種種香港人的共同經歷，構成了蔣曉薇念茲在茲的「家」。

　　和《家‧寶》一樣，《秋鯨擱淺》也有一個舞台劇版本，不過是先寫劇，後改成小說。小說版鋪展了許多情節，不但內容比劇本豐富，人物也大大增加了深度。在時間跨度上，《秋鯨》的主幹故事比較集中，但當中時有憶及主要人物的成長和過去，歷史覆蓋面跟《家‧寶》亦有相當。兩部作品都有濃重的昔日情懷和本土色彩。以本地大事為情節標記的敘述方式，頗有香港作家陳慧的著名小說《拾香紀》的影子。這種融合個人經歷和地方集體生活回憶的寫法，我們可以稱之為「本土情懷書寫」。

　　本土情懷書寫和一般的懷舊不同。後者只是一種風格或品味，前者則帶有強烈的個人感情。那是和一塊土地、一個城市緊緊扣連在一起的精神和身體關係。在《家・寶》中，「家」的呈現以溫馨回憶為主調，雖然也有哀愁、失落和激動的時刻，但過後還是可以歸於安然。可是，到了《秋鯨擱淺》，在愈趨惡劣的時勢下，「家」的存在卻受到了嚴峻的威脅。熟識的環境遭到異化，人在自己的家鄉變成異鄉人，落入了荒謬的存在處境中。這就是蔣曉薇在小說中屢屢提及卡繆的原因。折騰着女主角游敏兒的去留問題，也是許多香港人需要面對的抉擇。（恰巧上面提到的陳慧已經移民台灣。）

　　《秋鯨》中所謂的異化，是指近年香港的高度自治漸漸被侵蝕，生活空間和本土文化也受到內地的影響而萎縮。三十歲上下、在香港成長、經歷過回歸前後兩個時期的游敏兒，代表着對中港矛盾感受最複雜的一群。游敏兒是中學中文科老師，對中國文學有深厚感情，但又同時擁抱自小在香港培養出來的西方民主自由價值觀。她不像只着眼於本地經驗的年輕一代，把中國文化視為和自己不相干的事物。於是她的內心出現異常激烈的矛盾和掙扎，並且不自覺地把憤怒投射到和父親的對立關係上。

　　在中港矛盾的問題上，純粹受害者的角度很容易會流於平面。讓《秋鯨》保住了立體性的關鍵，是蘇月秋這個人物的構思和塑造。蘇月秋是來自內地的新移民，入讀游敏兒任教的中學，成為了後者的學生。擁有截然不同的背景的她，為游敏

兒提供了最佳的對照和平衡。更加出人意表的是，兩人後來還超越了師生關係，發展出單純而真摯的感情。在這段「禁戀」中，採取主動的是蘇月秋，游敏兒則先是迴避，到最後才放膽面對。身為老師的游敏兒在學業上和生活適應上幫助了學生蘇月秋，但最終卻是學生蘇月秋在精神上和感情上拯救了老師游敏兒。這完全打破了對於新移民的刻板印象。

不過，也許蘇月秋只是一個特殊個案，一個萬中無一的早慧和富有文學感性的新來港少女。她之所以打動游敏兒，不是因為她是個受到歧視的內地人，而是因為她在香港成為了格格不入的異鄉人，而與游敏兒自己的疏離和孤獨，產生了相濡以沫的感應。作為例外的蘇月秋，似乎沒有改變游敏兒對於新移民的普遍看法——一批改變香港文化而不是融入香港文化的外來者。兩人的情感關係，既植根於社會現實（同樣失去集體認同感），但又抽離於社會現實（去除一切身分，只把對方視為一個純粹的人看待）。於是，也可以說，這段感情雖然有其美麗動人之處，但卻沒有為社會問題的解決帶來啟示。

《秋鯨擱淺》雖然有鮮明的社會政治背景，當中的人物也經常談論社會政治，但它不是一部社會小說或者政治小說；它雖然以一對同性師生的愛情故事為核心，但它也不是一部愛情小說，更加不是一部同志小說。我會把它稱為一部「情懷小說」。作為「情懷小說」，它言情，也言志。所謂志者，指的是對人生對世事的理想、理念、追求、想法、態度、立場等等。（書中志向最鮮明的，莫過於因為參與農地保育抗爭而受傷昏迷的女生

楊閱。）但志不離情，所以不是客觀冷靜的分析和批判。小說
中不時出現加諸人物口中的議論，觀點的闡釋和論證未必充分
開展，難免有流於片面的情況，但如果以「情懷小說」觀之，
則重點在情感抒發，而不在道理辯論，一些不夠圓足的地方也
可以諒解。

　　蔣曉薇抒情言志的特色，除了訴諸個人體驗，也建立在
豐富的文本引用上。一方面是老師游敏兒帶領學生蘇月秋閱讀
（通過尋書的密碼設定和圖書館館長楊帆立為中介），學生也向
老師回饋閱讀感想，分享自己的心頭所好；另一方面是父親楊
帆立給昏迷中的女兒楊閱朗讀書本，試圖令她恢復意識。閱讀
行為貫徹了整部小說，成為人與人之間連結和互通的橋樑。透
過卡繆、梅爾維爾、蘇軾、蕭紅、白先勇等，人物們在文學中
尋找認同，覓得精神上的安身之所。除了經典文學作品，還有
繪本和漫畫，選擇不受類型和時空限制。閱讀取向的多樣化，
令小說的視界向古今中外的精神領域展開，避免了因為本土情
懷而走向自我滿足和自我封閉的弊病。

　　和《家‧寶》一樣，《秋鯨擱淺》肯定會給人很「文藝」的
感覺。這固然是出於作者對文學的熱愛，以至於在感官刺激主
導的時代，依然堅持把文字放在人際情感交流的首要位置。雖
然懷着強烈的本土意識，也靈活地用上了一些廣東話對白，但
是蔣曉薇的小說語言是流麗的書面中文。長期浸淫於中國古典
和現代文學中的她，並不像一些提倡粵語書寫的本土主義者那
樣排斥現代漢語。蔣曉薇的文學實踐展示出，傳統的繼承跟本

土情懷和現代西方價值不但沒有矛盾，反而是香港文化兼容並包的長處。

讀者不難看出，在眾多交織的風格痕迹中，《秋鯨擱淺》散發着日本動漫的味道。小說中提到宮崎駿的《千與千尋》（台譯《神隱少女》）和新海誠的《言葉之庭》，後者象徵師生之間不可能的愛，是游敏兒和蘇月秋之間的感情的關鍵文本。新海誠以日本地道實景為動畫場景的做法，也可以說是一種「本土情懷」的展示，當中蘊含着人與地方根柢固的連結。《秋鯨擱淺》中的本土情懷既是香港的，也同時是日本動漫式的。動漫式想像讓故事從現實世界穿越到奇幻世界。在小說後半，從昏迷中醒來的楊閑決定再次潛入夢境的深處，尋找蘇月秋迷失的意識。兩人不但原來早已相識（楊閑大學時代曾經到貴州義教，在小時候的蘇月秋心中留下了深刻的印象），還在神秘的意識大海中發生互相感應。那樣的超自然連結看來是那麼的順理成章，一點都不覺得突兀，在小說中形成了最美麗和奇妙的風景。

由意識的潛泳，我們來到小說的中心意象——鯨。「秋鯨」可以指蘇月秋。她在陌生的環境中迷失方向，在情感的摸索中遭到挫敗，然後便「擱淺」了，生命懸於一線。但在人生旅途中迷路和擱淺的，還有游敏兒。接近故事的尾聲，在新西蘭海灘上人們合力拯救集體擱淺的鯨魚的一幕，非常壯觀。游敏兒被鯨魚們喚起了回家的欲望。但她要回去不只是香港，也是她和蘇月秋共同棲居的情感世界。「鯨」暗示的不只是個別的人，也代表了每個人的心。這顆心如果得不到愛與關懷，它就會迷

失方向，擱淺而死。我們在蔣曉薇的筆下，彷彿看到了以宮崎駿風格繪畫的鯨，在深海裏自由自在地徜徉。（新海誠對動物世界似乎不太感興趣。）

　　鯨魚的家在寬廣無邊的海洋，而不是某個特定的小島。作為一部「本土情懷小說」的意象，「鯨」似乎帶有相反的意思。在演化史上，鯨魚是離開陸地進入海中生活的哺乳類動物的後裔。但是，也許恰恰是因為這樣，鯨的意象才能幫助我們從目下的壓抑和困結中解脫，呼喚我們尋找自由的意志，引領我們航向海闊天空的世界。鯨，本身就是一座流動的島。家，原來就帶在自己的身上。

出離，到達，然後回來

文學新人印象

我不知道寫這篇序言應該採用私人的角度，還是評論者的角度。

我和黃敏華相識已經超過二十五年，即是四分之一世紀了。那時還未成為大學的嶺南學院剛搬到屯門虎地，我在翻譯系兼職教中文寫作科。那是早上九點的課，我通常會提早十分鐘到達課室，但每次總是有一個女生比我更早到。她總是伏在桌上睡覺，散開的頭髮旁邊放着一支蒸餾水。又想睡又早到，令人搞不清楚她的心態。那個女生就是黃敏華。

黃敏華最初給我的印象是有點懶散，有點慢條斯理，有點冷眼旁觀，但慢慢便發現她其實可以很認真，很着緊，很願意全情投入，只要那是她真心喜愛的事。她不是早熟天才型的人，但她對寫作有一種天然的親近感。就像有些人喜歡畫畫，有些人喜歡唱歌，她喜歡寫作，好像不太費力就進入狀態。

畢業後黃敏華在工作之餘寫了些短篇，結集起來成為《給

我一道裂縫》，在我自己開辦的獨立出版社出版。在寫作路剛剛起步的時候，她卻決定當上「過埠新娘」，結婚並移民加拿大。她當時大概以為，她告別的不只是香港，還有文學。沒料到的是，後來她又回到香港進修，並且以新婚後在溫哥華當記者的經驗，寫成了一系列短篇，出版了她的第二本個人作品集《見字請回家》。

何處是吾家？

香港是黃敏華的家，這是毋庸置疑的。看她寫舊日的荃灣，就知道成長的經驗有多深刻。但是，她也一直努力在文學中尋找另一個家——確立自我、安頓精神的家。黃敏華回家（香港）不久，還是選擇再次離去。而文學這個家也難以久留。她回到婚姻和移民的家去了。加拿大的家、香港的家，以及文學的家，三者似乎不能並存。

人生中最不能回頭的抉擇，莫過於生孩子。黃敏華當上母親，一個全新的身分，也是巨大的考驗。先有了大女兒，再生了小兒子，從此過着日夜操勞的育兒生涯。在生活的重壓下，寫作不但奢侈，簡直就是不可能。關於這些年的狀態，她會形容自己是一個躲在深山上，除了全天候照顧子女什麼私人空間也沒有的家庭主婦。（她的家距離溫哥華市區開車要超過一個半小時。）不要說寫作，連坐下來好好看書的時間和精力也沒有。可是，奇蹟出現了。

重拾寫作的契機

多年來我每有新書出版，都會寄給黃敏華。二〇一六年的《肥瘦對寫》也不例外。這本書收錄的是我和台灣作家駱以軍輪流出題的對寫文章。想不到黃敏華讀後卻產生了回應的念頭。她在帶孩子難得擠出的一點點空檔裏，動筆寫出了她對於那些題目的感想，一口氣寫了二十篇。她從女性和母親的角度，表達了與我和駱以軍截然不同的觀點與感受。她很快便發現，散文不足以承載她的體驗，於是她很自然地採用了自己擅長和喜愛的小說形式。

知道黃敏華重拾寫作動力，我感到十分振奮，但這絕對不是我的功勞。寫作能力和欲望從來沒有離開她，只要遇上適當時機，她就能「回家」，因為這個「家」一直都在，沒有散失。她在家庭生活各種大大小小的負擔中，斷斷續續地堅持下去，用了兩年時間完成了這部作品。她最後把它命名為《一直到彩虹》，出處是書中提到的兒童繪本《猜猜我有多愛你》。故事中的兔爸爸對兔兒子說：「我愛你一直到月亮，再從月亮回到這裏來。」

散文與小說的交織

《一直到彩虹》用了兩種文體，分成兩個部分。用散文體的是回應《肥瘦對寫》的部分，可以當為作者黃敏華的個人感想。文中的「你」顯然就是我，她的老師、文學上的前輩，也

同時是她的老朋友。用小說體的部分，地點是溫哥華，時間是二○一六年前後，講的是一個新移民女子（妻子、一對年幼子女之母）毫無預告之下突然失蹤的故事。雖然女子處於小說的核心，但她的故事主要由其他人物的觀點道出，她出走的原因到最後並沒有明確的解答。讀者很容易會把小說的女主角和散文的作者當成同一個人，黃敏華似乎也有這樣的暗示，但某些細節又未必完全符合。

　　散文和小說的邊界刻意變得模糊，造成一種真實和虛構不分的曖昧感。單就小說部分的內容而論，有許多和作者本人的經歷極為接近的地方。就算讀者不認識作者本人，也會感覺到這種真人自述的味道。也即是說，讀者會以為作者在跟她分享自己私密的個人經驗。因為這些經驗很日常，很生活化，很不像虛構故事，而且具有普遍共通性，所以產生真實感、親切感和共鳴感。很有趣的是，這些感覺並不是單靠直接訴說經驗而得到的，不然以散文寫成分享便足夠。它很大程度是靠虛構小說（甚至連散文部分也納入虛構之中，成為故事主角的作品）來達成它的感染力的。在虛構小說的部分，黃敏華靈巧嫻熟地運用了情境描寫的功夫，令看似平凡尋常的人物顯現出豐富的色彩，令普通生活的細節流露出深遠的意味。

個人體驗與自我小說

　　這種把作者自己的真實人生經驗寫進小說裏的做法，近年在歐美文壇再次成為熱潮，認為是文學「回歸真實」的現

象。評論家甚至作家自己，把這種小說稱為 autofiction，是 autobiographical fiction 的簡稱，但比傳統自傳體小說更無掩飾和保留。最著名的 autofiction 作者可能是被譽為挪威普魯斯特的克瑙斯高（Karl Ove Knåusgard）。他的六卷本大部頭巨著《我的奮鬥》，巨細無遺地把他自己的成長經歷如實披露，甚至惹來了家庭成員的抗議和訴訟。其實「寫自己的小說」在日本早就大行其道，也即是稱為「私小說」的文類，其中的虛構程度大小不一，但通常會被當成作家的自我揭示看待。

不過我不認為黃敏華寫的就是 autofiction。沒錯她是以自己的人生為素材，也納入了許多自身的感受和見解，但她不會相信「自我就在那裏」、「直接寫出來就是真實」這些一廂情願的論調。相反，所謂「真實」永遠是多面的、複數的，充滿着漏洞、盲點和裂縫的。這些都是黃敏華自一開始寫小說就有的體會。她通過小說向我們的展現的，就是這樣百孔千瘡的「真實」。要讓這樣的「真實」看來具有穩定的形態，便必須經過虛構。而伴隨着「真實」而來的「自我」的表現，也無法離開虛構。這裏說的虛構不是造假，而是在四分五裂的生活中努力地把自己拼湊起來的掙扎。

互相理解 —— 從自我到他人

《一直到彩虹》非常精彩地展現了「自我」的虛構過程。在看似最真實的散文部分，我們可以把它讀成作者自己的心聲，但是我們又同時被引導，把這些文章的作者視為小說部分失蹤

的女主角。在虛構小說的部分，在中心人物（失蹤女子）缺席的情況下，她的「自我」由「他人」的投射所顯現。這些「他人」主要有五個（組）：第一章來到家裏調查失蹤事件的男警和女警，第二章綽號先知的華人女社工，第三章任職中學教師的香港舊同學娉婷，第四章的年輕按摩師米亞，以及第五章的丈夫。這五個「他人」代表的是五個不同的觀點，距離有遠有近，角度有高有低。通過這五個觀點的映照或投射，我們彷彿看到了女主角的「自我」的幻影或側面，但又同時看到這個「自我」的遊移、變形和消解。

作者採用這些虛構手段，並不是想故弄玄虛，而是想探究一個非常重要的課題——人與人之間的理解的限度（自我與他人，自我與自己）。女主角的缺席（失蹤）以及各種片面的投射，好像都指向理解的不可能，但是不要忘記，作者同時代入了五個「他人」的角度，試圖去體會和呈現他們的生活面貌和內心世界。作者必須擁有高度的想像和同情的能力，才能做到這種外散式（相對於自我的內聚式）的虛構。這五個「他人」生動活現，可觸可感，富有色彩和溫度，已經超越了構思出來的功能性人物，而讓讀者感受到他們的「真」。我個人認為，最後寫丈夫在山林中尋找妻子的部分尤其令人動容。

如果不嫌簡化地說，這是一個關於「自我實現」的小說。它的高明之處在於，作者並不單純甚至庸俗地相信，自我已經完整地存在於我們的心中，只要勇敢地去實現它便可以。自我之所以複雜和難以把握，是因為它永遠是「相互自我」，也即是

「自一自」、「自一他」的多重關係。從社會的角度看，它是交叉互動的人倫關係；從個人的角度看，它是情感的牽絆。「自我實現」無可避免地跟人倫和情感糾結在一起。

寫小說的家庭主婦

放回實際的情況，小說所寫的是一個移民女性作為妻子和母親的處境。撇除移民這個較特殊的元素，「家庭主婦」可以說是人類社會中比例最高、最重要的族群。奇怪的是，這也可能是文學中最被忽略、可見度最低的族群。它在現實中的普遍程度，反而令它變得透明、乏味、不值一寫。「家庭主婦」和「自我實現」是反義詞，可能是人所共知的事實，但歷來卻很少有人指出或者在意兩者的互不相容。問題是，我們不能輕易地否定前者，簡單地肯定後者。我們不能單純地為了支持「自我實現」，而取消或者貶低「妻子」和「母親」的角色。當中的兩難和糾結，黃敏華的書可謂表現得淋漓盡致。

《一直至彩虹》的女主角追求「自我實現」的方法，是寫作。至少這是她出走之前一直在做的事情，並且留下了打印的文稿。她出走之後如何，則不得而知。在作者黃敏華的層次，她同樣以寫作來實現自我，並且寫出了包含女主角在內的這部作品。但無論是哪個層次，作者和人物都在問：為什麼要寫作？在特定的情境下，為什麼一個家庭主婦要寫作？往更根源的深處挖下去，為什麼人要寫作？兩者連在一起考慮，如果人有理由寫作，為什麼家庭主婦不能？一個家庭主婦如何同時是

人？最終引出的問題是——家庭主婦被非人化。如何肯定或回復家庭主婦的人性，是最為迫切的問題。

愛的投射與折返

當然，在當今的世代，連「為什麼人要寫作」這個根本問題也很難解答，更遑論其他特定處境下的人了。不過，對於這個終極問題，黃敏華還是鍥而不捨地追問。她設置的五個「他人」的角度，多少代表了五種寫作的功用。一、警察代表以寫作追查事情的真相。二、社工代表以寫作為情緒輔導、調解社會關係、適應生活環境的方法。三、舊同學代表以寫作為成長回憶的守護（童年和少年是人最純粹和原初的經驗）。四、按摩師代表以寫作為肉體和心靈創傷的治療，以及夢或潛意識的釋放。五、丈夫（加上孩子）代表以寫作為愛的表現和實現。雖然到了最終，丈夫還是不明所以，也不懂表達自己的情感，但妻子留下來的未被實現的愛，卻被女兒所理解和繼承了。所以，就算母親已經離開，她的愛卻沒有消失，反而從遠處的彩虹反射回來。

我認為上面所說的五種寫作的功用都成立，但有層次深淺之別。在次序上是由淺入深，到最後達到「愛的實現」。從小說的主角回到黃敏華自己，我們會驚訝地發現，她的寫作動機是如此的純粹。她在寫作的一刻，沒有任何實際的考慮，沒有想到出書，沒有想到讀者，沒有想到得到世界的認同和讚賞。她只是努力地去當自己的生命的調查者、社工和按摩師，去守護

自己的回憶，去實現對家人的愛。她期望就算小說沒有任何讀者，它也會留傳下去給喜愛閱讀的女兒，讓她在遙遠的將來收到母親的信息，了解母親的過去。

一直到達讀者，再回到作者這裏來

寫作是出離，是到另一邊去，但到達之後，也必然要回到原來的地方。這真是個美麗的意象。縱使寫的動機是純粹的，但既然已寫成作品，而且是那麼美麗的、出色的作品，那就必須從作者手上出走，到另一邊去，到達讀者的手上。如果讀者有所感動，有所思考，那點滴的回應，也必然會回傳給作者。

我作為黃敏華長期以來唯一的讀者，我想告訴她，我很感謝她的小說。她的小說激勵了我，令我相信，寫作和閱讀是有價值的。我相信，所有其他的讀者都會這樣想。

緊緻的欲望 —— 虛擬的文學美容論

「緊緻」是一個美容學用詞，用在紅眼的新小說集上好像有點不搭調。這個詞一般是用來形容女性肌膚的。作者堂堂一個大男人，好像還有「小霸王」的稱號，如果你見過他的真人，是無論如何也不會想到「緊緻」的吧。

我並不是有心玩嘢。的確，讀完《伽藍號角》，立即浮現在我心裏的感覺是「緊緻」。所以，我說的不是紅眼這個人，而是他的小說。「緊緻」是個新說法，以前是沒有的。從來只有「標緻」、「細緻」、「精緻」。但不知是多久之前，美容業者發明了「緊緻」，初聽有點礙耳，後來聽順了，但除了形容女人的臉皮，很少有機會用到。

那麼，你就是想說，《伽藍號角》像女人的臉皮？是的，也不是。我們試試來定義「緊緻」，也許可以搞清楚我想說什麼。

緊緻是一種美，站在大眾接受美學的角度而言，那是不容置疑的。除此之外，傳統上還有五官之美、身材之美和肌肉之美等等。前兩者是比例問題，較常用於女性；後者是力的表現，較常用於男性。紅眼的小說（我不是說他個人啊），在五官和身材方面，的確是不那麼突出的，或者說不是重點。至於力

度，其實是有的，而且頗強，但卻不會令人聯想到肌肉發達的形象，而傾向於矯健的動作。這樣說來，的確是比較男性化的吧。但是，他的小說最吸引我的，並不是它敏捷的身手，而是它的質感。那麼，緊緻便浮現出來了。

同樣是質感，沿用美容學的詞彙，除了緊緻，作為正面評價的，還有柔滑、滋潤、水感、彈性，諸如此類。（美容業界在形容詞，特別是負面詞上多有創意，不必多說。）在這之中，最貼切地形容紅眼的文字的，是緊緻。雖然有點女性化，但沒有辦法。這種緊緻並不是細緻，不是綿密精細的視覺形象。細緻可以說是工筆化妝，是文章的潤飾手法。紅眼無意於文字化妝術，下筆幾乎是素顏，或頂多是裸妝，所以不重描寫之精、文詞之美。

紅眼式的素顏就是，初看上去平平無奇，很尋常的一張臉，但看着看着，漸漸就看出趣味，看出魅力，然後開始教人迷醉。可是看到最後，出其不意又露出了些許不協調，或者些許瑕疵，甚至是扭曲。然後瑕疵突然變大，吞噬了整張臉。紅眼的小說幾乎都有這種由尋常變驚奇的效果，但前提是那張緊緻的素顏。緊緻到一個程度，扯破臉皮。

緊緻的相反不是鬆散，而是鬆弛。鬆散關乎結構，結構關乎肌肉和骨骼。不是說紅眼的小說沒有結構，有時結構也甚為精妙，但始終不是重點。也就是說，不是那種令人驚嘆於建築性的美的小說。與建築相同，化妝也是一種空間上的概念，是

視覺上的美。緊緻好像也是，其實不是。看上去緊緻，其實是摸上去緊緻，是觸覺概念。轉換為文字，是語言的質感。語言又摸不到的，怎麼會有質感呢？有的，從用詞造句，從行文筆法，都可以觸摸到。緊緻這種質感，就是字與字、句與句、段與段之間存在的那種張力。所以說，張力的相反，是鬆弛，是下塌。

但這又不是說，紅眼的行文很緊張，很急促。他的節奏當然不算緩慢，但並沒有很心急。要按下，要拖延，要拉長的地方，他還是控制得住。所以緊緻也不完全是節奏快慢的問題。節奏快不一定緊緻，節奏慢也不一定鬆弛。那無關情節進度，而是行文方式。他總是能保持着那份張力，就算在結構相對鬆散的故事中，也是如此。緊緻就是能保持着文字的連續性，而不中斷，不垂墮，不下塌，縱使是在敘述最平淡的事情。某程度上，它是一種持續的雄風。

把女性化的緊緻和男性化的雄風混在一起，看似荒唐，實則最貼切不過。說穿了就是性感。當然不是說紅眼很性感啦。（不過你覺得是也無妨。）我是說他的文字有一種欲蓋彌彰的性感，無論寫的是社會題材，還是個人生活題材。而這不限於明顯地寫到性的內容。幾乎沒有性的〈擊壤路之春〉（只有老男人不成功的性），比牀戰連場、情欲澎湃的〈海明威的貓〉更性感，就是這個道理。（雖然後者的奇詭，甚至是殘酷，是很有力的，但過度用力卻導致虛脫，反而不及前者收放自如。）這種性感不涉賣弄，而是天生的，源自少年期的，一直延續到成年

初期，半模糊半清晰地，半有意半無意地，融入文字之中，形成了張力。這就是緊緻的來源了。

從少年性欲到緊緻，這當然沒有美容學上的根據。（不過猜想有亦無妨。）我們可以把它視為一種文學動力學。佛洛依德應該說過類似的東西吧。所以不要說我胡亂吹奏。在這個講求大義和正確的時代，談性欲和創作的關係好像已經不合時宜。紅眼的小說沒有迴避社會議題，也不是沒有諷刺和批判，但這些都不是創作的大前提。這個大前提是隱藏起來的。它隱藏在那個從少年過渡到成年的肉體的深處。我說的不完全是隱喻，而是非常物質的，身體的原則。緊緻就是這麼的一回事。

不過，緊緻也是一個暗藏危機的詞。女士們應該很清楚，什麼時候才會講究緊緻？當然是即將或者已經不再緊緻的時候。當你還年輕青春，你是不會想到緊緻的。那時候緊緻是天然的，所以亦是未被察覺的。當你開始察覺緊緻的存在和必要，便說明緊緻已經離你而去。所以緊緻是失去緊緻者創造出來的概念。那時候唯一能做的，就是以人工的方法「保持緊緻」或者「回復緊緻」，不但效果成疑，而且注定不是當初那回事。

這樣說來，我這個「不再緊緻者」刻意地點出紅眼的「依然緊緻」，使之明確化和概念化，用意就有點惡毒了。很可能是我看不過眼有人在「延長的少年期」的末段，仍然保持着少年的性感，於是便故意把它點破，以終結那半有意半無意的緊緻狀態。哈哈，那以後你就要進入「文學美容」的可悲階段了。

　　我希望我這樣做不會毀掉一個優秀的年輕作家，但我必須指出一個殘酷的事實。緊緻終歸還是會過去的。那不是一個技巧的問題，而是一個特質的問題。失去了特質，一定程度可以用技巧搭夠，但技巧永遠不能取代特質。那怎麼辦？除了接受不再緊緻這個事實，沒有其他。

　　可是，誰說緊緻是美的唯一價值？如果緊緻本來就是美容學界發明出來的東西，我們為什麼不能發明出其他美的標準？要知道，在文學上沒有年老色衰這回事。單是這麼想，已經足夠我們感到樂觀了。

襪子裏的懸念

　　本地作家紅眼已經不是一個新人了，但他依然保有一個新人的氣息。這氣息不是青澀，也肯定不是幼稚，當然也不是清新。他的行文已經十分自如，甚至帶有一點點老練，但他的創作原點，卻是一股少年的欲望衝動。這衝動並不粗糙，只是偶爾流露出些許野蠻，而大部分時候被純熟的文字和精妙的構思所掩藏（或壓抑？）。這就是我所謂的新人氣息了。

　　自從二〇〇九年的出道作《紙烏鴉》以來，紅眼已經出版過好幾本小說和文集了。跟所有在香港有志於文學創作的青年一樣，他也面對過（甚至依然面對着）「如何寫下去」的難題。某些人會堅持最純粹的道路，默默耕耘，等待成果，但另一些人卻會走入大眾媒體，試圖在通俗文學方面殺出血路。紅眼應該算是後者。十多年來，他成為了一個文學工作多面手，除了創作之外，還兼顧評論、編輯和推廣。在最初幾年，小說寫得比較密，但到了近年，卻漸見疏落。最新出版的短篇集《伽藍號角》，距離上一本書已經是四年了。

　　不過，寫得較慢並不是放棄，或寫不出來，而是變得更加沉穩。雖然說紅眼在創作上曾經靠近通俗路線，但他心底對文學還是念念不忘的。我猜想，他會把最觸動自己內心的題材，

留給文學。所以在《伽藍號角》裏面，我們可以讀到好些私密的情感，經過虛構的編碼間接地呈現出來。紅眼之所以找我給他的新書寫序，也許亦有重新強化跟文學的連結的意思吧。（後來才知道，推薦者原來還有謝曉虹。）畢竟我一直被認為是「嚴肅文學」中最「嚴肅」的一位。有趣的是，我自己近年倒有點逆向而行的想法，就是變得不那麼「嚴肅」，甚至嘗試寫出比較「通俗」的東西。

紅眼小說的文學性是絕對不用懷疑的，但在文學性之中存在通俗性，也同樣是顯而易見的。這兩者的並存不是問題，相反更是一件好事。在《伽藍號角》這樣的一本「嚴肅」之作當中，也可以看到一些通俗元素，其中之一，就是紅眼非常擅於營造懸念。廣義而言，所有小說敘事都是建基於懸念的，也即是引起讀者對事件後來怎樣發展的興趣，但是當懸念的營造和揭示成為敘述的主要動力，就出現了通俗類型中的懸疑小說。《伽藍號角》中的短篇並不是狹義的懸疑小說，但很多都具有懸疑小說的吸引力。

最具懸疑色彩的莫過於〈海明威的貓〉。這篇小說的出發點，就是男敘事者自中學年代開始，對一位心儀女同學無論如何也不肯脫下襪子這件事，所衍生出來的無限想像——她有六隻腳趾的傳言，成為了他一生的懸念。到了後來，男主角終於和女主角發生肉體關係，但她依然頑強地堅持不脫襪子的底線。甚至到了多年之後，當兩人已經結了婚，情況也沒有絲毫改變。為了解開這個謎團，事情出現了極為可怕和暴力的發展。

這個藏在襪子裏的懸念，其實就如同現代物理學中的著名思想實驗「薛丁格的貓」一樣，是一個不可能拆解的兩難。襪子的確是不可以脫下來的。強行脫下襪子，會造成災難性的結果。問題並不在於消除或者壓抑衝動，而是如何轉化它。我們不妨把襪子視為創作的隱喻。創作的背後是懸念，創作的動力是解開懸念的衝動。但那終極的秘密是不能揭開的，創作者必須與懸念共存，否則便會像小說的主角一樣，親手害死了自己的原初所愛，也毀滅了自己內在的純真本質，而成為了一個平庸無情的中年人。

集子內的其他短篇，無論是關乎身世淵源、身分轉換、時空穿梭、怪病感染，或者心理上的真與幻，都充滿着敘事學上的懸念。但是，這些小說沒有被寫成真正的類型小說，因為懸念亦同時根植於日常。富有虛構性的意念並沒有懸浮於半空，而是回落到最實在的生活時空中。除了是富有生活感的內容，小說也同時散發着鮮明的時代感。近年的社會事件和經驗，也被編織進小說的肌理。超現實的成分，與極為現實的元素發生作用，有時互相增益，有時互相解構，有時又融合成寓言故事。紅眼似乎偏愛動物意象，各篇的題目出現過鳥、鼠、豬、雞、貓，而書名中的「伽藍」除了指佛寺，也同時是鵜鶘的別名。以動物寓意人間，有潛意識和本能的一面，顯然也有政治社會的一面。

無論是懸念或者寓言，當它主要的質地是日常，當它主要的旨意是情感，就不是類型或者理念。也許這就是《伽藍號角》

的「文學性」之所在。不過，我認為重點不應該是紅眼選擇在這個時候「回歸」文學，而是探索文學如何超越既有的「嚴肅」和「通俗」的膚淺對立。這種無謂的對立已經成為香港文學的魔咒。每一個世代都重複着相同的焦慮、失望、憤慨、否定和嗤之以鼻。

路當然不是只有一條，切換軌道也不代表棄暗投明或者背信棄義，有時合流有時分途也許是更美的風景，而所有最圓滿的成就，必定是殊途同歸的。這將會是一個作家脫離衝動的少年期之後，所必須深思的課題。對於不再是新人的紅眼，這正是一個關鍵的時刻。我們有理由對他充滿期待。

戀愛作為方法・小說作為目的

　　黃怡這個人，腦袋不知是什麼造的。平常看上去很文靜，帶點害羞的，說起話來很正經，很有分寸，是傳統教會女校訓練出來的乖乖女。連她自認為俏皮或粗野的舉止，其實也沒有越出良好教養所容許的範圍。但是，當她寫小說的時候，往往會嚇你一跳。

　　黃怡的小說會嚇你一跳，不是因為她寫了什麼「壞」東西，而是因為這個表面乖乖的人，其實很貪玩。她的不守規矩，或者是「壞」的潛能，都發揮在形式上。人寫小說，她寫小說，她總是找到與別人不同的方式。

　　這個貪玩的人很早就發現小說的樂趣。還在念高中的時候，她已經在《明報》上寫每周連載小說，題材都是當下發生的時事，反應之快捷，筆法之靈巧，令人以為是老手。這種與現實同步的虛構功夫，在台灣首推九十年代張大春的《大說謊家》。黃怡當時畢竟還是個高中生，時事小說的格局和筆力當然無法跟張大春比擬，但年紀小小有這樣的膽識（或曰「唔知個死字點寫」），始終是個異數。這些短篇後來結集成《據報有人寫小說》。

　　我不想說黃怡是神童式天才作家。這種定位通常有害無

益。早慧的天才多數無法過渡到成年期，不是短命早夭，就是江郎才盡。黃怡肯定知道，才華這種東西最不可恃。所以應該慶幸她是個乖乖女。乖乖女不會恃才傲物，反而是有點傻裏傻氣，但又明白事理的。她知道不能靠隨意揮灑的才華，而是要老老實實地尋找方法。

方法不是控制，不是全盤掌握在手裏的。方法的萌生和成形，很奇怪地，往往靠誤打誤撞。有時人愈懵懂，愈碰撞出高妙的方法。所以說方法不是純理性的，不是分析和計算的結果，而是跟直覺和悟性有關。說了半天，好像又回到天才。也許說個人稟賦會比較恰當。有些人的腦袋就是擅長「方法」。

在中學念理科的她，考進香港大學修讀心理學，後來又轉去念比較文學，到英國拿了個碩士學位。回港後一邊打工，一邊繼續創作。後來在香港又出版了《補丁之家》和《林葉的四季》兩本小說。在少女期光芒大放之後，這些年應該算是摸索期，帶點患得患失的，不太肯定自己的創作前景的階段。

在香港從事文學創作，從來也不是一條可行的路，甚至是沒有路可言。大部分創作者都是業餘性質，極少人能全情投入。要名正言順地得到一個「作家」的身分，並不是一件容易的事。二〇一九年，黃怡獲得香港藝術發展獎藝術新秀獎（文學），又為香港藝術節創作歌劇《兩個女子》，新的系列短篇《擠迫之城的戀愛方法》也開始在《明報周刊》上連載。以寫作為重心的生活變得比較明朗化了。

《兩個女子》這齣廣東話歌劇，改編自西西原著的兩個短篇〈像我這樣的一個女子〉和〈感冒〉。作曲家是盧定彰，黃怡負責作詞。歌劇原定去年於香港藝術節上演，但因為疫情而延期到今年。黃怡的創作風格深受西西的影響，西西對她亦非常賞識，由她來擔任西西小說的改編，可謂最適合不過。

　　《擠迫之城的戀愛方法》每篇由一幅名畫起意的方式，令人想起西西的〈浮城誌異〉、《剪貼冊》、《畫 / 話本》等作品。本書的末尾收有三個和「擠迫之城」主題沒有關係的獨立短篇，其中兩篇是西西的〈像我這樣的一個女子〉和〈感冒〉的新世代重寫版。（另一篇是呼應劉以鬯的小說和王家衛的《花樣年華》。）受到西西影響的後輩當然不計其數，但真正領略到箇中三昧，而且能消化吸收，創出個人風格的，非黃怡莫屬。大家細讀便會知道，黃怡是怎樣繼承了西西，也開闢了自己的道路。所謂文學承傳，應作如是觀。

　　《擠迫之城的戀愛方法》的大部分篇章寫於二〇一九至二〇二一年。這兩年間香港先後經歷了社會運動和疫情侵襲。小說的主體構思源於二〇一四年的同名得獎短篇。當時黃怡想處理的主題比較單純，主要是呈現擠迫的城市生活，對人的情感關係所造成的影響。前者是物理和社會空間的現象，後者是心理和感情空間的問題。因應兩者之間的關係，這個短篇展現出離奇古怪、趣味盎然的愛情樣態。

　　到了二〇一九年初，黃怡着手以圖文對照的方式延續五年

前的創作意念。開頭似乎還是按原本的思路推進，但到了年中發生反修例事件，社會出現前所未有的動盪，同期連載的小說無可避免地對現實作出回應。剛剛調整了小說的方向和步調，不旋踵又爆發了新冠病毒疫情，社交距離防疫措施與小說原初設定的「擠迫」主題背道而馳。小說又再跟隨時代而變化，從描寫「擠迫之城」變成了刻畫「隔離之城」。「隔離」與「擠迫」表面相反，實則相成。人際距離的主題因此而變得更為複雜多元。

時代的衝擊是作家邁向成熟的契機。《擠迫之城》的創作歷程，碰上了香港本土和整個世界如此激烈的變化，對它本來的框架設定造成了極大的考驗。小說家發揮隨機應變的彈性和靈活性，把意想不到的新題材吸納，成功地作出蛻變。這正好說明了，黃怡把「方法」置於「題材」之上的優勝之處。題材隨時有不合時宜之嫌，但方法卻可以克服時局的變化。

單看書名很容易被誤導，以為這是一本愛情心理攻防指南。在〈肩碰肩〉中有這樣的點題句：「擠迫的城裏總有這樣的一些浪漫的空隙，靠整座城裏的人擠擁着把二人推到彼此的個人空間裏，如果二人心意相通，髮膚之間極窄小的距離裏便能引燃一場戀愛。」這句話的確總結了小說的要旨，但是乖乖女黃怡同時是狡猾的。讀者要小心「方法」中暗藏的把戲。刻意營造的浪漫，往往同時是滑稽甚至是荒誕的。

沒錯，《擠迫之城》很生動地描寫了戀人的千姿百態。各種背景、性格和性取向的戀人都盡錄其中，所有戀人的情緒都被動

員起來，演出一幕又一幕溫柔、狂野、信任、猜忌、寬容、嫉妒、期待、絕望、愛惜、冷淡的戲碼。但是，如果讀者以為可以從中學到什麼有用的「方法」，很抱歉，你被作者騙了。或者應該說，你被自己錯誤的預期騙了。

可是，這明明是一本講方法的書。書中存在兩種方法，一種是人物的「戀愛方法」，一種是作者的「以戀愛為方法」。人物的「戀愛方法」不是「戀愛指南」，而是他們實踐愛情的方式。這些方式有的自覺，有的不自覺；有的明智，有的愚癡；有的值得學習，有的最好避免。而作者的所謂「方法」，就是「想方設法」，也即是構思和經營小說的形式。作者「以戀愛為方法」，是為了什麼目的？目的是為了「寫小說」。不是作者「想表達對戀愛的看法」、「有戀愛經驗想和大家分享」，甚至不是「想假借戀愛去說另一些事情（例如政治、人生或哲學）」。「戀愛」在這裏以「方法」的方式存在，並且完全服務於「寫小說」的目的。

雖然如此，關於人物的戀愛方法的部分並不會一筆勾銷。黃怡的小說不是純粹形式上的遊戲。在方法的透視鏡下，作者對芸芸戀人們寄予無限的同情。縱使講求方法，但卻沒有半點造作的意味。一切是那麼的坦率、自然，完全看不到一絲虛情假意。相對於明明用了方法卻假裝沒有方法的小說，黃怡的小說更為誠實。她幾乎天真地把她動用的所有方法都展示在讀者的眼前，好像在說：「好吧，大家都看到我是怎麼寫小說的了，大家覺得這個方法好不好？還是，可以試着換另一個方法？不同的方法都很有趣啊！」我們彷彿一直聽到她這樣說。

　　在《擠迫之城》中，除了最外露的「圖文對照」或者「以圖起意」的方法，還有語調上和文體上的方法，而後兩者又互為表裏。因為普遍地採用了對話體，所以亦必須講究語調的運用。我們很快便會發現，篇章中的所謂「小說」，其實沒有中心情節，沒有時序上的起點和終點，很多時甚至連具體場面也似有若無。我們也見不到一般小說的人物描寫。置於讀者面前的，是聲音，是雙聲道的對話。就算是採用獨白，也是以戀人為傾訴對象的獨白，所以其實亦是對話。甚至連看似傳統的第三人稱敘述，最終還是服從於對話的原理。

　　當戀愛題材反射到對戀愛本身的思辨，很容易會令人聯想到羅蘭・巴特的《戀人絮語》。但是，跟《戀人絮語》的思辨式抒情（或抒情式思辨）不同，黃怡寫的是小說，是虛構故事，這中間就隔了一層「方法」。（雖然不是說思辨或抒情不需要方法。）這層「小說的方法」是什麼？我會把它稱為「愛情思想實驗」（a thought experiment of love）。「愛情思想實驗」探求的並不是「什麼是愛」（情謂何物），而是「如何愛」或者「愛如何可能」的問題，也即是「方法」的問題。為了測試愛的可能性，作者設置了不同的條件和道具。「戀人絮語」的勾魂攝魄，並不在於情話說得有多麼的纏綿悱惻，而在於實驗的設想有多「到肉」。

　　《擠迫之城》的秘密方法就是戀愛的「願望／欲望」的設想，我們可以把它簡稱為「設願」。設願永遠是向未來、向未知的發展和結局投射的，也因此注定是不能完成的。它背後的驅動力除了欲望，也有意志。設願也同時是具體的、物質的，是必須

通過身體來實現的。圖畫元素的運用，既是設想的起點，也強調了設想的感官成分。最重要的是，這些設想必須以傾訴（對話）的語言架構起來。

設願不是示愛的手段，它是建構愛情關係（令愛情成為可能）的方法。黃怡沒有寫愛情故事，她寫的是千萬種愛的設願。這些設願不一定是正面的、美好的、溫柔的，有時也可以是自私的、俗氣的、膚淺的，甚至是負面的、怨恨的、譴責的。化為水對不忠的戀人窮追不捨（〈水體〉），像牀褥一樣記憶戀人身體的細節（〈記憶牀褥〉），假設身體變成殘障對戀人作出詰問（〈Will you still love me, dear?〉），以贈送零食來提前親近隔離中的戀人（〈恆久忍耐〉），試圖克服干擾以回到與戀人的綺夢中（〈春眠〉），以至相反的因擔心感染病毒而害怕與戀人碰杯（〈今朝有酒〉），統統都是為了測驗愛情的可能性而設下的「願望」。

黃怡旁置了小說的敘事功能，而把設願置於中心，但卻仍然能稱之為「小說」，皆因設置當中所含的虛構。虛構力愈大，願力便愈澎湃；願力愈澎湃，愛情便愈激烈。由此可知，原來「戀愛＝虛構」，「戀愛方法」就是「小說方法」。只要看看〈遺屬〉中的這一段：

「就這樣決定。不用簽名，我們之間不需白紙黑字。不用握手，我們比這親密得多。給我一吻，就作實。妳的手指也給我吧。妳的耳朵也給我吧。我不只要記住妳的童年，妳的親友，妳的愛惡和病歷，我也想記得妳的膝蓋，妳的脊椎，為何屈折，為

何挺直。有血有肉的，全部記得。還有什麼掛慮嗎？如果我比妳
先死，那該怎麼辦？不用怕，關於我的，我都已經寫在紙上，寫
在妳身上。我已經把我的唇和舌，仔細的，綿延的，交給妳了。
當我不在了，只要妳還有身體，就可以反覆地，重讀，又重讀。
而既然我仍在，妳也仍在，不如就來重讀，又重讀。」

　　在隨時而至的死亡面前，戀人們毫無保留地把自己的身體
交給對方，讓對方上上下下裏裏外外地一一記認。記認的結果是
把身體化為文本，把生命化為書寫，供戀人互相閱讀，並且一再
重讀。作者以戀愛作為方法，終於到達小說這個目的。我們閱讀
小說的行為，也倒過來成為愛的實踐。這就是黃怡發明的，奇妙
的戀愛方法。

非常讀

董啟章隨筆集

作　　　　者	董啟章
助理出版經理	周詩韵
責　任　編　輯	葉秋弦
封　面　設　計	謝佳穎
內文排版設計	陳逸朗
出　　　　版	明窗出版社
發　　　　行	明報出版社有限公司
	香港柴灣嘉業街 18 號
	明報工業中心 A 座 15 樓
電　　　　話	2595 3215
傳　　　　真	2898 2646
網　　　　址	http://books.mingpao.com/
電　子　郵　箱	mpp@mingpao.com
版　　　　次	二〇二一年十二月初版
	二〇二二年二月第二版
I　S　B　N	978-988-8688-23-4
承　　　　印	美雅印刷製本有限公司